Steve du Nouvel An

Dans le jeu des rencontres en ligne, les noms peuvent être trompeurs...
Père Lolo

STEVE DU NOUVEL AN

First edition. May 10, 2024.

ISBN: 979-8223678335

Written by Père Lolo.

Also by Père Lolo

Échos de passion
Une épouse pour un milliardaire
Steve du Nouvel An

Le PDG Harrison Steven McGinnis est incognito. Mieux vaut utiliser un faux nom lors de rencontres en ligne lorsque l'argent, les relations et sa célèbre entreprise sont en jeu.

Pour se sauver des chercheurs d'or du monde, il cache son visage et change son nom en Steve, et parvient toujours à établir une connexion étonnante avec une femme nommée ◇◇◇◇◇◇◇◇.

Nouvelle année? Nouveau petit-ami?

La comptable ◇◇◇◇◇◇◇◇ Thompson travaille tard. Déterminée à atteindre son objectif de fin d'année, elle ne quitte pas son bureau tant que le travail n'est pas terminé. Sa récompense ? Un rendez-vous avec Steve.

Si seulement la lumière au-dessus de son bureau arrêtait de clignoter, et que la rencontre avec le super technicien de maintenance arrêtait de la faire se tortiller sur sa chaise de bureau.

Du coup, le travail prend plus de temps à terminer et son rendez-vous avec Steve ? Cela ne semble pas si excitant. Pas quand elle n'arrive pas à oublier Harry.

Son réveillon du Nouvel An peut-il être sauvé ? Et qui l'attendra lorsque le bal tombera à minuit ?

◇◇◇◇◇◇◇◇ 1

Félicité

"Tout ce que je veux pour le Nouvel An, c'est toiuuuu, bay-bee..."

Je ressens toujours ce buzz d'après Noël.

Le lait de poule est peut-être séché après la fête de Noël, mais ma chaise de bureau pivote et je fredonne la même chanson que j'ai commencée à jouer le premier novembre. Bien sûr, je devrai peut-être changer les mots pour l'adapter à la fièvre des fêtes qui règne actuellement dans l'air, mais tant que la radio continuera à le diffuser, j'écouterai.

De toute façon, personne ne peut l'entendre ; l'année dernière, j'ai été promu et avec cela s'ajoute un bureau privé chic.

J'augmente le volume d'un cran sur mon haut-parleur sans fil perché dans le coin de mon espace de travail et j'agite la banderole dorée, noire et argentée avec laquelle le personnel administratif du bureau a décoré mon écran d'ordinateur, les doigts et le stylo tapotant au rythme de la mélodie.

«... Je te veux juste pour moi, plus que tu ne le sauras jamais...» Je chante, la voix craquante parce que je suis peut-être beaucoup de choses, mais une diva musicale n'en fait pas partie.

Je fais une pause lorsque le plafonnier au-dessus de moi clignote, plus adapté à une maison de divertissement d'Halloween qu'à un bureau, et je fronce les sourcils. J'arrête de chanter pour regarder, attendant et guettant qu'il clignote à nouveau.

Vaciller.

Là!

Et voilà !

Cela ne suffira pas. Je ne peux pas être distrait par cette foutue lumière qui clignote et s'agite et faire tout ce qu'elle va faire pendant que je me casse le cul pour faire ces rapprochements de fin d'année. Je n'ai tout simplement pas le temps de me laisser distraire.

Malgré mes appels répétés à la maintenance ces deux dernières semaines, les gars de ce service n'ont pas trouvé le temps de m'intégrer. Ce qui veut dire que je vis avec une lumière aveuglante occasionnelle depuis quatorze jours.

C'est étrange que j'ai l'impression d'être de retour à l'université, vivant dans une maison minable avec un groupe de mes amis, essayant de convaincre le propriétaire de venir réparer quelque chose que nous avons détruit. Un détecteur de fumée en panne. La poignée est tombée de la porte d'entrée. Attrapez la chauve-souris qui est entrée par la cheminée...

Pourtant, je ne devrais pas avoir à attendre deux semaines entières pour que quelqu'un vienne jeter un œil à ça ! Apportez une nouvelle ampoule, réparez un fil. Je ne sais pas – quelque chose pour que ça s'arrête !

Mes yeux se tournent vers les cabines à l'extérieur de mon bureau et vers l'agitation de tous ceux qui travaillent pour l'agence McGinnis.

Bousculade, bousculade, bousculade.

Personne ne s'arrête pour discuter, tout le monde veut finir plus tôt et rentrer chez soi car demain c'est le réveillon du Nouvel An.

Malgré l'éclairage accru, je me sens très bien. J'ai été dans mon rythme, les doigts bougeant comme un tir rapide sur le clavier pendant que je travaille dans le logiciel de comptabilité, examinant ces rapprochements pour vérifier et revérifier que toutes les entrées peuvent être effectuées avant la fermeture des bureaux demain.

Et comme récompense pour tout mon travail acharné ?

Mon rendez-vous.

Ce sera la première fois que je rencontrerai l'homme avec qui j'ai discuté en ligne et le soir du Nouvel An, rien de moins. Je suis tout aussi excité et nerveux, mais surtout stressé par tout ce qu'il reste à faire avant.

Le temps presse pour cette échéance, mais je suis le chef du département et je sais que nous allons terminer à temps. Je garde la tête penchée sur mon clavier, les lunettes perchées sur l'arête de mon nez, et je travaille.

Même si je dois rester toute la nuit ce soir – seul – et travailler aussi tard demain, nous allons terminer ces registres. Pas de repos pour les fatigués et tout ce jazz. Je suis prêt à faire le travail seul, même si j'ai aussi toute une équipe derrière moi qui leur casse les fesses.

Je fais reculer ma chaise pour retirer une feuille de papier de l'imprimante et les lumières clignotent.

Vaciller.

Scintillement, scintillement.

Je fronce les sourcils lorsqu'on frappe doucement à ma porte.

"Toc Toc." Il s'agit de Meg McClaren, une de mes amies de travail qui est également l'une des meilleures agents sportifs féminins du secteur.

Meg entre et se perche au bout de mon bureau, pointant du bout de ses doigts une petite boule disco scintillante qui fera également office de boule personnelle qui tombera demain si je ne suis pas sortie d'ici à minuit.

"Tabitha et moi allons en ville pour déjeuner, tu veux venir ?"

Je soupire parce que je les aime tellement tous les deux, mais je gémis parce que je ne peux pas les accompagner. C'est tout simplement impossible. "Ugh, j'adorerais mais je ne peux pas." Je soulève une liasse de papiers du bureau puis je les repose. "Je dois saisir tout cela dans le système et je ne veux pas perdre une heure." Je fronce les sourcils. "Je suis désolé."

Être adulte est difficile.

Mon amie se lève, les collants noirs qu'elle porte scintillent d'étoiles argentées, captant la lumière. Lorsqu'il clignote à nouveau, elle lève les yeux. « Qu'est-ce qui ne va pas avec ta lumière ? »

"Aucune idée mais ça me rend dingue."

«Tu devrais appeler la maintenance», me dit-elle gentiment.

"J'ai. Comme une douzaine de fois. Je ne sais pas ce que je dois faire pour faire venir quelqu'un ici. Je vais bientôt loucher.

Vaciller.

Elle plisse le nez et souffle. "C'est mauvais. Comment faites-vous votre travail ?

Je secoue la tête. « Juste avancer, c'est tout ce que nous pouvons faire. »

Elle retourne vers la porte, appuyée contre le cadre. "Je t'apporterai quelque chose de ton camion à tacos préféré pour que tu n'oublies pas de manger."

Le regard que je lui lance est reconnaissant. "Oh mon Dieu, je t'aimerais pour ça."

Ses mains donnent un petit coup. "D'accord, ne travaille pas trop dur et je reviens dans un instant."

Droite.

D'accord, Félicité. Se concentrer.

Interruption mineure, grosse tâche pour essayer de se regrouper.

Je serre la main et étire mes doigts, souffle une bouffée d'air et sirote une gorgée dans la tasse posée près des lettres gonflables funky qui disent BONNE ANNÉE !

Si mignon.

Souriant quand je penche la tête, je fais de mon mieux pour ne pas laisser mes pensées s'égarer, récitant des chiffres dans ma tête. Des choses comptables. Nombres. Ajouter. Débits. Crédits.

Steve, Steve, Steve.

Arrêtez, vous avez du travail à faire. Votre rendez-vous n'est que demain soir.

Pendant l'espace d'une seconde, le panneau fluorescent au-dessus de moi s'éteint à nouveau.

"Vous devez vraiment vous moquer de moi."

Irrité, je retire le téléphone de son support – le téléphone à l'ancienne où il faut appuyer sur les boutons avec les doigts et non sur l'écran – et j'appelle le bureau de maintenance pour la énième fois cette semaine.

Je ne suis même pas du tout surpris lorsque Old Man Skeeter (le chef de la maintenance) ne répond pas et, frustré, raccroche le téléphone.

"Allez, sérieusement ?!" Il doit y avoir quelqu'un là-bas. Ce bâtiment est immense, je suppose qu'il y a au moins une douzaine de personnes parmi le personnel de surveillance.

M'appuyant sur ma chaise, j'étends mes pieds recouverts de pantoufles de lapin devant moi. Prenant une profonde inspiration, je compose à nouveau le numéro, regardant le plafond en attendant le bip dont je sais qu'il arrive.

Bip! « Salut Skeeter. C'est ◇◇◇◇◇◇◇◇ en comptabilité. Encore. La lumière fluorescente au-dessus de mon bureau vacille toujours et commence à me donner la migraine. Ce n'est pas le cas, mais je n'hésite pas à utiliser le drame à ce stade. « Si vous pouviez s'il vous plaît envoyer quelqu'un pour le réparer, je vous en serais très reconnaissant. Il n'y a pas de meilleure façon de commencer la nouvelle année qu'avec une nouvelle lumière, n'est-ce pas ? »

Putain ?

Une nouvelle lumière ? Et si vous m'en envoyiez un qui fonctionne !

Je fronce les sourcils face à ma propre utilisation stupide des mots, ayant sérieusement besoin de concentrer mon attention sur ces chiffres pour ne pas être coincé ici avant demain soir. Annuler mon rendez-vous serait vraiment nul.

C'est soit ça, soit faire quelque chose de radical comme photocopier « accidentellement » mes fesses comme ultime procrastination.

Je réalise que je tiens toujours le téléphone.

Merde. "D'accord, alors merci."

Je raccroche rapidement, cherche ma tasse préférée sur laquelle est imprimé le camélia d'hiver et décide que j'ai besoin d'une recharge. Aller à la salle de pause pour obtenir plus de lait au chocolat est exactement ce dont j'ai besoin pour me remettre dans le jeu. Et oui, je suis une femme adulte qui boit du lait au chocolat dans une tasse à fleurs. Que puis-je dire ? Ce n'est pas un crime, c'est mon plaisir coupable.

Ajoutez de la glace et ça a le goût d'un milk-shake, la di da !

Je suis si chic.

Cellule au creux de la main (car il m'accompagne partout, soyons honnêtes), je me dirige vers l'étage où se trouve la bonne salle de repos. Juste au moment où je sors de l'ascenseur, mon cœur s'emballe lorsque je vois un message LoveSwept de Steve.

Steve : Je n'ai pas eu de tes nouvelles depuis un moment. Je voulais juste passer et vous dire à quel point je suis excité pour demain soir !

Depuis des semaines, lui et moi flirtons sur une application de rencontres en ligne. Il semble gentil, intelligent et authentique. J'adore son ambiance mystérieuse, ainsi que les photos sans visage qu'il utilise. Son look reste à voir, car c'est ce type en ligne avec des photos de silhouettes ou, pire, un visage flou, mais je dirai ceci : son profil présente un nez fort et une mâchoire ciselée.

Employé rémunéré. Athlétique. Aime voyager et recherche son complice.

Bonjour, c'est un gardien, je le sais. Et ai-je mentionné que ses plaisanteries pleines d'esprit sont d'actualité. indiquer.

Mieux encore, il m'a demandé si je serais son rendez-vous pour le réveillon du Nouvel An ! Réveillon du Nouvel An avec Steve.

Steve du Nouvel An.

"Ha! Ca c'est drôle. Bien, �������.

Oh mec, j'ai besoin de sortir davantage. Mes blagues sont nulles.

Mais je ne peux aller nulle part tant que je n'ai pas dû examiner ces derniers comptes, et la lumière continue de me faire sortir les yeux, il semblerait donc que je sois dans une sorte d'impasse.

Cela signifie que je dois prendre les choses en main et gérer moi-même l'éclairage de mon bureau. Et par moi-même, je veux dire que je vais traquer quelqu'un, pas résoudre le vrai problème. Une fois que j'aurai reçu ma dose de chocolat, bien sûr.

L'écran de mon téléphone s'allume à nouveau, le nom de Steve apparaît et me fait mal au cœur.

Steve : Moins de 24 heures !

Ugh, il est tellement romantique !

Mug à la main, je tourne à droite vers la salle de repos, errant dans le hall, me dirigeant vers la rangée d'ascenseurs de cet étage.

Les décorations du Nouvel An sont également exposées ici, diffusant la joie des fêtes de McGinnis.

L'agence McGinnis est peut-être connue pour représenter certains des meilleurs et des plus grands noms du sport au monde et engranger des millions et des millions de dollars en taux de commission par an, mais si l'entreprise fait faillite ? Ils peuvent toujours se lancer dans la planification des fêtes de fin d'année.

Aucune dépense n'est épargnée lors d'une fête au bureau McGinnis. Même les ascenseurs sont décorés. Je suis presque sûr que quelqu'un a même mis du gui là-dedans jusqu'à ce que les RH les obligent à le retirer (et je suis presque sûr que c'était Meg).

C'est drôle comme Skeeter, en maintenance, a sauté dessus. J'ai vu le vieux bouc grincheux le démolir avec un sourire sur le visage.

Cette année, le réveillon du Nouvel An tombe un vendredi, ce qui signifie que nous continuerons tous à travailler. Peut-être pas une journée de travail complète, mais le personnel est quand même censé être là. Les agents sportifs n'ont jamais de jour de congé ; pas lorsque leurs clients participent à des championnats, des Pro-Bowls, des tournois, des play-offs, des jeux – etc. – lors d'un jour férié donné.

Je ne suis peut-être qu'un comptable, mais j'y consacre aussi des heures.

Moi : Hé, je pensais juste à toi. Je suis excité aussi ! Et techniquement, cela fait dix-huit heures et trente-deux minutes – mais qui compte MDR.

Juste au moment où je m'apprête à glisser mon portable dans la petite poche de ma jupe crayon, mon téléphone sonne à nouveau.

"Eeeek!" Je crie que sa réponse ne prend que quelques instants – quelque chose que j'aime chez lui – m'émerveillant du fait que Steve n'est pas le genre de gars qui attend de répondre volontairement pour jouer cool.

Mes pantoufles en forme de lapin traînent sur le carrelage alors que je me dirige vers le réfrigérateur de la salle de repos.

Oui, je porte des pantoufles lapin avec ma tenue professionnelle sans honte. Au moins, j'ai une jupe. Vous ne savez jamais quand quelqu'un d'important va demander une réunion Zoom, et vous découvrez à quel point l'angle de votre caméra est mal réglé.

Je n'ai jamais été dans une situation aussi précaire, principalement parce que mon collègue Frank a appris cette leçon pour nous tous.

Deux fois.

Je ne devrais vraiment pas savoir que c'est un homme du genre Fruit of the Loom, un homme blanc et serré.

Je glisse vers la droite et j'ouvre le dernier message de Steve.

Steve : Heureusement que l'un de nous est doué avec les chiffres.

Je prends un moment rapide pour faire une danse joyeuse, puis expire une inspiration apaisante et tape.

Moi : Ce n'est pas ce qu'il y a de plus ringard chez moi, tu sais. J'étais dans l'équipe d'échecs en cinquième année, donc voilà.

Steve : Ah ouais ? J'avais un appareil dentaire à l'université.

Un appareil dentaire à l'université ?

Ça me fait rire.

Moi : Aww, je parie que tu étais adorable.

Steve : Ouais, NON. Littéralement, pas une seule personne n'a trouvé cela adorable, et par personne, je veux dire les filles.

Moi : Heureusement pour moi, je suppose.

Voir ? Je peux être affectueux quand je le veux.

Steve : Qu'est-ce que tu fais en ce moment ?

Moi : Eh, juste des trucs de travail ennuyeux. Il faut que tout soit fait pour que nous puissions enfin nous rencontrer face à face demain.

Steve : Es-tu nerveux du tout ?

En fait...

Oui.

OUI. Je suis nerveux!

Je veux lui envoyer un texto « MON DIEU OUI ! » mais sachez que ce n'est probablement pas la meilleure idée. Cela me donne l'air impatient et spasmodique. Pas besoin d'effrayer le pauvre gars - laissez-le d'abord s'habituer à moi avant qu'il ne découvre à quel point je suis un idiot. Non, il vaut mieux jouer à cela à l'écart.

Moi : J'ai l'impression que ça fait longtemps. Nous croisons les doigts pour que nous nous amusions en personne autant qu'en ligne.

Il n'y a rien de pire que deux semaines de préparation pour une soirée géante de déception. Croyez-moi, je sais. Ce sera mon troisième match au cours des deux derniers mois, et peu importe ce que mon instinct me dit à propos de celui-ci, il y a toujours une chance qu'il échoue.

Moi : On croise les doigts pour la chimie !

"Honnête, mais pas trop désespéré, n'est-ce pas," dis-je à mes pantoufles de lapin qui s'agitent en signe d'accord.

Mon téléphone sonne à nouveau, mais je me force à verser d'abord mon verre de lait. J'ai un bon pressentiment à propos de ce type, mais il y a toujours ce 1% qui se demande si c'est réellement un poisson-chat à l'autre bout du fil.

Une fois ma tasse pleine et le lait remis au réfrigérateur, j'y jette un œil.

Steve : Alors combien de temps vas-tu rester au travail aujourd'hui ? C'est un jour férié.

Moi : Vous considérez le réveillon du Nouvel An comme une fête ?

Steve : Je considère chaque fête comme une fête, Hallmark ou non.

Oh mon Dieu, Meg l'adorerait. Elle ne peut absolument pas se lasser de Noël. Sapins de Noël, décorations, pulls moches, boucles d'oreilles ridicules en forme de décorations, lumières, guirlandes...

La liste est longue et elle adorerait Steve.

Moi : Lequel est ton préféré ?

Steve : Certainement Noël et la Saint-Valentin. Cependant, je n'ai pas célébré celui-là depuis des années, mais mon père avait l'habitude de tout mettre en œuvre pour maman et c'est ce que je recherche aussi.

Pâmoison!

En serrant mon téléphone contre mon cœur, je sens mes genoux faiblir. Si Steve est à moitié aussi gentil en personne qu'en ligne, je m'en fiche de son apparence.

L'année à venir s'annonce radieuse. Tant que Skeeter ou l'un des gardiens parvient à cette lumière avant qu'elle ne s'éteigne complètement. Ou ça me fait crever les yeux et me rend aveugle.

Ce qui pourrait arriver. J'ai vu le documentaire.

Mon estomac grogne et je prends une autre gorgée de ma tasse, en espérant que le lait chocolaté recouvrira mon estomac jusqu'à ce que Tabitha et Meg reviennent me nourrir, mais peut-être que je devrais voler une collation dans le placard et la rapporter à mon bureau - juste dans cas.

Je prends une barre d'amandes et une banane, ainsi que quelques paquets de crackers au beurre de cacahuète, car ils se marient très bien avec mon lait.

En sortant de la salle de repos, je tombe sur Sheila, l'une des réceptionnistes de longue date, et je laisse presque tomber la moitié de mes friandises. Ça vaut le coup quand j'aperçois sa tenue chic.

"Eh bien, n'as-tu pas l'air festif."

Sheila virevolte, jupe à pompons dorés évasée autour de ses chevilles, collants noirs épais et chauds pour lutter contre le froid extérieur. Les bottes d'hiver n'ajoutent rien au look, mais me font sourire, donc à mon avis, c'est une victoire.

Je le cache en sirotant dans ma tasse.

"Tu vas quelque part plus tard?" Je lui demande en m'installant pour une discussion rapide. La diversion est la bienvenue puisque je dois aller traquer le personnel de maintenance, et en plus — peut-être qu'elle pourra m'orienter dans la bonne direction.

Sheila sait tout.

Elle acquiesce. «J'ai rencontré quelqu'un sur Christian Singles. Dwight et moi allons dans un bar de jazz après avoir fini de casser des crânes.

Ai-je mentionné qu'elle pense qu'elle dirige cet endroit ?

"Oh, rencontres en ligne?" Mes sourcils se lèvent. "Moi aussi, comment ça se passe pour toi jusqu'à présent?"

Je lui donne environ soixante-deux ou trois ans. Assez sournoise pour être ma grand-mère et assez impertinente pour causer un peu de bêtise au bureau.

Sheila hausse les épaules. «Eh, certains d'entre eux veulent seulement se désosser. C'est difficile à savoir, il suffit de demander.

Le lait dans ma bouche revient presque à sa mention du mot « os », et je meurs un peu intérieurement, souhaitant être aussi non filtré qu'elle.

Os.

Je secoue la tête. "Est-ce votre manière polie de dire qu'un homme plus âgé veut juste faire l'amour ?"

Elle penche la tête. "Vous n'avez aucune idée du nombre de photos de saucisses non sollicitées que je reçois."

Des vieillards ? Euh!

« Dois-je être insulté de ne pas en avoir ? »

Elle gonfle sa crinière crépue, de longues boucles d'oreilles en forme de clochette tintent. "Personne ne veut voir une saucisse ridée causée par la petite pilule bleue."

J'essaie de ne pas grimacer en faisant reculer les images visuelles qui traversent mon cerveau. "Je ne sais même pas quoi dire à ce sujet."

Sheila me regarde de haut en bas. "Tu ne peux pas me dire que tu n'as pas de chance."

Je souris, évoquant la large poitrine de Steve et son menton bien ciselé et à quoi j'imagine le reste de son visage, étant donné que je n'en ai vu que la moitié. Ha!

« Ça avance... lentement mais sûrement, mais vous savez ce qu'on dit. Lentement mais surement, on réussit."

«C'est ce que disent les perdants», m'informe Sheila. « Vous devez sortir et sortir, sortir, sortir. C'est un jeu de chiffres à ce stade. Plus vous rencontrez d'hommes, plus vous avez de chances de le faire.

"Peut être." Je change de position. « Mais je pense que je suis sur le point d'avoir de la chance : j'ai peut-être rencontré quelqu'un. Nous verrons. Nous avons un rendez-vous demain soir.

« Un rendez-vous le soir du Nouvel An ? Quel genre d'homme emmène une femme lors de la soirée la plus romantique de l'année ?

Mon impatience se dégonfle un peu. "Je ne sais pas? J'espère que c'est quelqu'un qui est vraiment intéressé ? Nous avons des tonnes de points communs... »

« Comment s'appelle ce jeune homme ?

"Steve."

Sheila réfléchit une seconde. "Tu as un rendez-vous le soir du Nouvel An avec un gars nommé Steve?"

J'acquiesce en souriant. Qui savait que Sheila et moi avions un sens de l'humour exceptionnel en commun ?

"Steve du Nouvel An." Elle ricane, les boucles d'oreilles faisant ce bruit de tintement. "L'obtenir?"

Sheila rit tellement maintenant qu'une seule larme se forme au coin de son œil et coule le long de sa joue avant de l'essuyer du bout de son doigt.

"Oh ma fille, je n'ai pas ri comme ça de toute la journée - et j'ai vu Frank en culotte lors du dernier appel Zoom."

Maintenant, je souris aussi, et nous rions tous les deux, et je prie Dieu de ne pas continuer à l'appeler Steve du Nouvel An dans ma tête. Me connaissant, je vais accidentellement le dire à voix haute.

Un grognement sort de mon nez.

"Mieux vaut ne pas faire ça à ton rendez-vous de demain", entonne sagement Sheila, désormais sage avec la sagesse des rencontres. « Les hommes n'aiment pas les femmes qui ressemblent à un cochon. Sauf s'ils aiment le bacon.

"Merci. Je garderai ça à l'esprit." Je me souviens soudain que je suis en mission et je lui demande des directives. « Hé Sheila, sauriez-vous par hasard où se trouve le bureau de maintenance ? J'ai un problème avec mes lumières et personne ne répond à mes appels.

Elle émet un « hmm ». « Le chef de bureau ne vous a pas aidé avec ça ?

Euh... Dois-je mentionner que j'ai contourné le chef de bureau après la première demande parce que je pensais que ce serait plus rapide de le faire moi-même ?

Non, non, je ne le fais pas.

«Euh, je l'ai fait une fois. Étais-je censé laisser tomber le sujet ?

La réceptionniste me regarde fixement. « Chérie, n'essaye pas d'être un héros. Laissez la chef de bureau faire son travail.

D'accord, mais elle ne fait pas son travail, sinon ma lumière serait réparée. Je suis une femme, écoute-moi rugir et tout ce jazz.

"Je sais je sais. Et je le ferais si je n'étais pas pressé par le temps. Je n'ai que jusqu'à demain fin pour respecter ce délai et les lumières de mon bureau me font trébucher.

Sheila secoue légèrement la tête. « Votre timing est horrible. Je peux me tromper, mais je suis presque sûr que le personnel de maintenance ne travaille pas cette semaine.

Je soupire. "Mais tu sais au moins où se trouve le bureau de Skeeter dans le bâtiment, n'est-ce pas ?"

"Premier étage, suite 102."

"Merci. Je vais faire du jogging là-bas et voir s'il est là.

Elle penche la tête, perplexe. "Pourquoi ferais-tu du jogging quand tu peux prendre l'ascenseur, ma chérie?"

«J'étais...» J'agite la main. "Pas grave. Tu as raison, je vais prendre l'ascenseur.

Mieux vaut simplement être d'accord que de discuter là-dessus.

« Ne coincez pas ces oreilles de lapin dans la porte », me crie-t-elle en courant.

"Je ne le ferai pas, merci!" Je crie par-dessus mon épaule, mug, barre granola et banane à la main à la recherche de Skeeter et de la bande. En appuyant sur le bouton de l'ascenseur avec enthousiasme, je suis convaincu que je trouverai au moins une personne qui pourra m'aider.2HarrisonElle pense que je m'appelle Steve.

Harrison Steven McGinnis, en réalité, mais je n'allais pas mettre ça dans ma biographie de rencontres.

Bien trop consultable, bien trop rare, bien trop facilement reconnaissable.

Pour ma défense, Steven est mon deuxième prénom, et parce que toute cette histoire de rencontres en ligne me fait peur, je l'ai utilisé pour créer un peu plus d'anonymat pour accompagner mes photos de visage recadrées et mes photos de torse.

C'est nul, je sais, mais il y a beaucoup trop de gens louches, y compris les femmes. Une fois qu'ils découvrent ce que je fais dans la vie, ils commencent tous à sortir de l'ombre. D'où le faux nom.

Félicité.

Son nom sonne comme un rayon de soleil ; quelque chose dont j'ai besoin dans ma vie. Non pas que ma vie soit terrible, c'est juste que je peux me sentir seul comme tout le monde et que sortir avec quelqu'un, c'est nul.

Certes, je n'en ai pas fait des tonnes, car avouons-le, je n'ai pas vraiment le temps de rencontrer de nouvelles femmes chaque week-end. Je n'ai pas non plus l'intention de coucher avec des inconnus au hasard juste pour me faire plaisir. Cela ne vaut pas le mal de tête et la chance que je finisse par cogner un Stage Five Clinger dont je ne peux pas me débarrasser une fois qu'elle est allée dans mon appartement dans le ciel, ou qu'elle a vu ma voiture chère, ou qu'elle a eu un avant-goût de la belle vie que je peux fournir.

Je suis à la recherche de quelque chose de significatif, pas d'un chercheur d'or. Malheureusement, il y en a beaucoup dans les environs. J'ai connu ce type presque toute ma vie.

Mon grand-père Len McGinnis a fondé cette entreprise quand j'étais enfant ; passionné de sport, son meilleur ami jouait pour les Mets à l'époque où les joueurs étaient bon marché et où le baseball était le passe-temps favori des États-Unis. Tout ce que l'ami de grand-père voulait, c'était jouer au ballon. Pour la plupart sans instruction, il avait joué dans une ligue agricole et avait eu du mal à signer et à comprendre le contrat du joueur. Heureusement, grand-père a pu le faire et l'a aidé à s'en sortir et...

Le reste appartient à l'histoire.

Je ne suis pas sur le point de dilapider un héritage pour une femme qui veut juste un ticket repas ; ces jours-ci, on a l'impression que c'est tout ce pour quoi ils sont là.

Mon téléphone sonne et je pivote sur ma chaise de bureau – vingt-huit étages au-dessus de la ville – avec un sourire aux lèvres, ce bourdonnement familier qui ne peut être associé qu'à LoveSwept.

◊◊◊◊◊◊◊◊ : Est-il parfois acceptable de doubler une puce lors d'une fête ?

Je ris.

Elle est tellement adorable avec ces questions loufoques.

Moi : Seulement si tu le casses en deux.

Était-ce une réponse stupide ? Qu'est-ce que j'en sais, je double tout le temps. Je n'ai aucune manière, malgré la cuillère en argent que certains pourraient penser qu'elle est dans ma bouche.

◇◇◇◇◇◇◇◇ : De quel genre de chips et de trempette parlons-nous ici ? Quel est votre favori ?

Moi : Pourquoi, tu vas me les donner à manger demain soir ?

◇◇◇◇◇◇◇◇ : Tu flirtes ! MDR. Ce serait tellement bizarre si j'arrivais avec de la nourriture...

Moi : Au contraire, se présenter avec de la nourriture n'est JAMAIS une mauvaise idée. Toujours bon. Jamais mauvais. Bien.

◇◇◇◇◇◇◇◇ : Alors, quelle est ton saveur ?

C'est comme si elle connaissait le chemin droit vers mon cœur : avec la nourriture.

Moi : Merde, c'est une question difficile. Je dirais tortilla et salsa, mais c'est trop prévisible. Hein, peut-être queso ?? Je ne voudrais pas non plus sortir du lit une bonne trempette de tacos...

◇◇◇◇◇◇◇◇ : Je te virerais du lit si tu arrivais avec des chips.

Et c'est parti pour les questions rapides. C'est l'une de nos façons préférées de communiquer. Rapide, simple, précis et très amusant lorsque vous évitez les exigences habituelles de la journée. C'est comme un speed dating avec une seule personne. Jusqu'à présent, il a toujours été confirmé que nous avons beaucoup de points communs et juste assez de différences pour rendre les choses intéressantes.

Moi : Et les crackers quand je suis malade ? Puis-je les manger au lit ?

◇◇◇◇◇◇◇◇ : De quel état de santé parlons-nous ?

Moi : La grippe

◇◇◇◇◇◇◇◇ : Tu te contenterais plutôt de crackers sur le canapé ?

Moi : Peut-être. Est-ce que tu me frottes les pieds ?

Félicité : Peut-être. Portez-vous des chaussettes ?

Moi : Peut-être. Les avez-vous achetés pour moi comme cadeau pour que je me sente mieux ?

◇?◇?◇?◇?◇?◇?◇ : MDR ouais, les roses à fourrure...

Moi : ça ne me dérange pas de porter la couleur rose. Cela flatte mon teint.

◇?◇?◇?◇?◇?◇?◇ : Pareil, MDR

Rose. Nu.

Tout ce qui fonctionne.

Moi : Que pensez-vous des hommes qui portent des chaussettes avec des tongs ?

◇?◇?◇?◇?◇?◇?◇ : Euh... On parle de VIEUX hommes ? Parce que c'est acceptable. Si nous parlons de VOUS, alors je suppose que je devrais le voir avant de prendre une décision.

Moi : Je pourrais ajouter la photo à ma bio pour que tu puisses la voir.

◇?◇?◇?◇?◇?◇?◇ : **roule les yeux**

Moi : Ouais, tu as raison. Je n'ai jamais fait ça.

Moi : Oui, je l'ai fait.

◇?◇?◇?◇?◇?◇?◇ : MDR tu es drôle aujourd'hui.

Moi : La journée a été lente donc je me sens plutôt bien avant le week-end. Demain, je prends un rare jour de congé.

Félicité : Qu'est-ce que tu vas faire ?

Moi : Coupe de cheveux, faire du jogging dans le parc, déjeuner avec un de mes copains. Ensuite, je ne sais pas, j'ai un rendez-vous chaud à minuit. Ne serait-ce pas cool si c'était au sommet de l'Empire State Building ?

◇?◇?◇?◇?◇?◇?◇ : Comme ce film d'il y a vingt ans ? Ce SERAIT tellement fantastique... le vent me fouettant les cheveux au visage, restant collé à mon rouge à lèvres. Se crier dessus parce que nous n'entendons rien de ce que dit l'autre personne. Si romantique.

Moi : OOKayyy donc un peu trop haut pour toi ?

Félicité : Peut-être. MDR, le bâtiment dans lequel je me trouve serait plus à ma vitesse, seulement trente étages. Clin d'oeil clin d'oeil.

Moi : Trente, ça me paraît correct.

◇◇◇◇◇◇◇ : Faisable.

◇◇◇◇◇◇◇ : Ugh, je déteste couper court mais j'ai pour mission de réparer certaines choses dans mon bureau avant de pouvoir retourner au travail. Souhaitez-moi bonne chance, j'ai un homme à traquer.

Moi : Un autre homme ?!

◇◇◇◇◇◇◇ : Maintenant, maintenant... ne sois pas jalouse. Je suis l'homme d'une seule femme.

Un homme et une femme.

Cela me fait sourire.

Pendant longtemps.

Je souris toujours comme un putain d'idiot quand Sheila passe la tête par ma porte, les sourcils froncés, de longues boucles d'oreilles en or tintent.

Sheila était une employée de mon père, qui occupait mon poste avant de prendre sa retraite et de me laisser l'empire de l'agence, et je vais être honnête : parfois, elle me fait peur.

Elle est la seule personne ici qui n'accepte pas les conneries - et croyez-moi, quand vous avez une entreprise construite autour de l'ego de certains des meilleurs et des plus grands athlètes du monde, les égos sont servis sur des plateaux d'argent sterling avec un une grosse prime à la signature.

Sheila s'en fout.

Elle ne se soucie pas de la valeur du contrat de quelqu'un, d'où il vient, où il va ou de ce qu'il porte : elle traite tout le monde de la même manière.

La femme se déplace vraiment.

Techniquement, elle est censée être à l'étage en dessous de moi, mais il n'y a rien qu'elle aime mieux que de flotter. Et par flotter, j'entends se promener en bavardant et en interrompant tout le monde pendant qu'ils travaillent. Que fait-elle réellement ici encore ?

Cela ne me surprend pas vraiment étant donné que nous sommes d'une génération totalement différente. Mon père faisait la même chose. Il a qualifié cela de « remonter le moral de l'équipe ». Je l'ai appelé en me laissant le travail proprement dit. J'ai fini avec son travail donc je suppose que je ne peux pas me plaindre.

"Hé Sheila, quoi de neuf ?"

"Quelques filles se demandaient si vous vouliez que les décorations du Nouvel An soient retirées avant le week-end ou lundi à notre retour."

"Et par 'quelques filles', tu veux dire toi ?"

Elle est pointilleuse, celle-là. Rien ne lui échappe et la désapprobation de Sheila – la vraie patronne – signifie que le plaisir est terminé.

"Non, petit malin, Donna."

Littéralement la seule personne ici avec les couilles à me traiter de connard intelligent en face. Je la regarde. "Rappelez-moi encore qui est Donna?"

"Elle est l'assistante de votre chef de bureau, Beth."

"Oh." Je me creuse la tête pour avoir une idée de qui elle parle. Donna doit être nouvelle. Je ne peux pas suivre toutes les nouvelles recrues ces jours-ci. J'abandonne et hausse les épaules. « Je suppose que le moment où les décorations tombent n'a pas d'importance. Ce serait peut-être plus facile s'ils restaient debout jusqu'à lundi. Que tout le monde en profite demain.

Sheila hoche la tête pour approuver. "C'est ce que je lui ai dit." Elle s'appuie contre le chambranle de la porte. "Des choses de prévues pour le week-end?"

« Est-ce que vous me demandez si j'ai quelque chose à faire pour le réveillon du Nouvel An ? »

Curieux.

Je m'appuie sur ma chaise de bureau, laissant les ressorts couler jusqu'à ce qu'ils soient presque complètement renversés, et m'étire avant de répondre.

"J'ai des projets avec quelqu'un, ouais."

Je ne vais pas lui dire quels sont ces projets, ni avec qui. Je n'ai pas besoin que toutes les femmes de ce bureau connaissent mes affaires personnelles. Sans oublier que Sheila a également tendance à bavarder avec nos clients. Comme si j'avais besoin de Lebron Sutton – MVP du Super Bowl deux années de suite – qui bavardait avec la réceptionniste et savait que je n'avais pas couché depuis quatre mois.

Ce qui est déjà arrivé.

Lebron + Sheila = énorme douleur dans le cul.

Elle cligne des yeux en silence, attendant plus de détails.

Non. Désolé.

Non.

Je partage à peine cette merde avec Adam, mon meilleur ami de travail, sans parler du chien de garde de soixante-cinq ans qui patrouille dans les couloirs comme si elle était la sécurité. Les bars du centre-ville devraient l'embaucher pour expulser les gens, elle est vraiment formidable.

Je hausse les sourcils.

Elle lève la sienne.

C'est une bataille de volontés qu'elle ne gagnera pas. Je ne recule pas.

Finalement : « Vous venez demain, patron ?

Ma tête va et vient, insensée. "Probablement pas. Je déjeune avec Adam. Nous verrons s'il me rencontre ou non.

Sheila hoche la tête. « Il sort toujours avec cette fille McClaren. Je me demande combien de temps il faudra avant qu'ils nous bénissent avec un bébé McGinnis.

Oh mec. On y va.

S'il y a une chose que Sheila aime à part les potins, ce sont les bébés. Et s'il y a une chose qu'elle aime plus que les bébés, c'est bien de me pousser à en avoir un.

« Est-ce que c'est quelqu'un avec qui vous avez des projets pour demain comme des enfants ? »

Oui. « Est-ce que la plupart des gens n'aiment pas les enfants ? » Sheila hausse ses épaules osseuses. "Pas moi."

Ça me fait rire. Bien sûr, elle n'aime pas les enfants. Les bébés, oui. Les enfants, non.

"Alors juste des bébés alors?"

"Juste des bébés." Elle fait une pause. « Mais seulement pour tenir quelques minutes, puis je les rends. Je ne suis pas une nounou.

Droite.

Je m'en souviendrai.

"Est-ce que cette personne avec qui tu sors demain soir est allée au bureau ?"

Je plisse les yeux. Wow, elle est vraiment douée pour ça. "Non."

Merde. Est-ce que je viens de révéler que ce n'est pas quelqu'un du travail avec qui je sors demain soir ? Va-t-elle rassembler les morceaux et réaliser qu'il s'agit d'un premier rendez-vous ?

Je tousse.

Indice, indice, il est temps d'y aller.

Mon téléphone sonne fort et j'en profite pour la renvoyer en levant le doigt. "Oh, tu ferais mieux de répondre à ça."

Elle n'est pas dissuadée. « Quel genre de son de notification étrange est-ce ? »

Euh. Le son d'une application de rencontres ? «C'est mon, euh. Le bureau du docteur."

Elle plisse le nez. "Ils t'appellent pendant les vacances ?"

Buzz Buzz. « Techniquement, ce ne sont pas encore des vacances, Sheila. Il faut vraiment que je réponde à cela. Si vous voulez bien m'excuser.

La réceptionniste me regarde comme un faucon à quelques secondes de plus de sa place devant la porte avant de tourner la tête et de s'éloigner à la recherche de sa prochaine victime.

J'expire, le corps se détend.

Sheesh.IIFridayAKA : Réveillon du Nouvel An3◇◇◇◇◇◇◇◇Welp.

Skeeter était introuvable, et croyez-moi, je l'ai cherché longtemps et longuement hier avant de retourner à mon bureau pour travailler davantage.

J'ai finalement arrêté de chercher parce que je perdais tellement de temps à me promener dans mes pantoufles de lapin et à bercer ma tasse de lait. Personne ne comprendrait la pression que je subis. Ils voient juste un boulot errant dans le hall ; il ne me manque qu'un peignoir et quelques chats qui traînent derrière moi.

Mais si mon rendez-vous de ce soir ne se passe pas bien, je pourrais envisager de suivre la voie de la folle aux chats. Steve semble absolument parfait sur papier, euh ou en ligne. Peu importe. S'il s'avère être un raté, j'aurai perdu toute confiance dans le pool de rencontres.

Ce n'est probablement pas vrai. J'ai tendance à être un gourmand en punition quand il s'agit de manger au restaurant, alors je finirai par me lever pour essayer, réessayer. Je suis tellement excitée de rencontrer enfin l'homme qui pourrait être « celui-là ». Je ne peux pas laisser ce pour cent de doute gâcher mon humeur.

Et je ne peux pas laisser mes fantasmes anéantir ma productivité. Je suis sur le point de terminer ces rapports et le temps presse.

En joignant mes doigts devant moi, j'étends mon dos et balance ma tête d'avant en arrière. Respire profondément, ◇◇◇◇◇◇◇◇. Et aller!

Vaciller.

Vous devez vous moquer de moi.

Scintillement, flash.

Non, je vais l'ignorer. Je ferai comme si ça ne me narguait pas. Je vais remonter mes lunettes anti-éblouissantes sur mon nez et terminer ce rapport, au diable l'ampoule possédée par un démon.

J'expire rapidement une inspiration apaisante en remuant mes doigts et en les remettant sur le clavier, en appuyant sur la barre d'espace.

Scintillement, scintillement, scintillement.

"POUAH! Es-tu sérieux en ce moment ? En claquant mes mains sur mon bureau, je lève les yeux et regarde les carreaux offensants au-dessus comme si Dieu me regardait et se moquait de mes dépens – et de ma raison. « Vous le faites exprès, n'est-ce pas ? J'attends que je tape pour vous interrompre, hein ? »

Il ne répond pas, alors je souffle et me penche en arrière sur ma chaise, essayant de contrôler ma rage tout en reconnaissant que j'ai peut-être besoin de vacances rapides dans l'un de ces endroits surmenés que les célébrités surmenées appellent « spas ». De préférence celui qui fournit du Xanax et un matelas à plateau-coussin. Les effets stroboscopiques au-dessus de ma tête ne devraient pas produire autant de colère, mais une seule femme ne peut pas en supporter autant. Et je prends ça depuis des semaines maintenant.

De plus, c'est le réveillon du Nouvel An et je sais que je suis partant pour le long terme.

J'arrache mon téléphone du bureau du support et j'appuie sur les touches plus fort que nécessaire pour composer le numéro de Skeeter. À ce stade, je le connais par cœur, et cela ne me fait-il pas encore plus chier ? Qui, sensé, connaît par cœur les sept chiffres de la maintenance ? Aussi fou. C'est qui.

Pendant que ça sonne, je me rappelle de tuer Skeeter avec gentillesse, même si à ce stade, je veux juste le tuer en général. Mais non. Je suis une femme forte et stable. Je resterai calme et professionnelle dans mes chaussons lapin.

D'accord, je vais peut-être rester calme.

J'étends mon corps et regarde distraitement le plafond, forçant ma respiration à rester sous contrôle.

Vaciller.

Je retourne mon plafond en oiseau. "Prends ce putain de bordel..." Bip !

«... Skeeter! Encore ◇◇◇◇◇◇◇◇, hiiiii. Écoute, je sais qu'aujourd'hui est le dernier jour de l'année et je suis sûr que tu es occupé avec les trucs de fin d'année comme moi....

Je lève les yeux au ciel face à moi-même et à ma capacité insensée à faire exploser le cul de quelqu'un dans les situations les plus dramatiques. Bien que cela n'ait clairement pas l'effet escompté, je devrai peut-être revoir le degré de joie que j'insère dans ma voix plus tard.

« Cela fait des semaines que ma lumière s'éteint et j'ai beaucoup de mal à me concentrer. Nous parlons ici d'un environnement de travail hostile, Skeets.

Des Skeets ? C'est un tout nouveau niveau de fumée.

"Donc voilà. S'il te plaît. Je t'en supplie. Je te donnerai tout ce que tu veux. Mon premier-né ou, ou... ma tasse préférée. D'accord, peut-être pas la tasse, mais vous comprenez ce que je veux dire. Bon sang, tu peux laisser l'ampoule sur mon bureau et je le ferai moi-même. Ouais. D'accord. Merci au revoir."

Je raccroche, pas convaincu qu'il se présentera de si tôt, mais même si je voulais revenir en arrière et mettre la chef du bureau au courant, elle n'est pas là aujourd'hui. Peu de gens le sont.

Je travaille ici depuis des années et pas une seule fois les grands patrons ne sont venus ici le soir du Nouvel An. La plupart des grands patrons ne se présentent pas non plus. Quelques agents de niveau inférieur le font, principalement parce qu'ils ne disposent pas d'ordinateurs portables fournis par leur bureau pour travailler à domicile comme le font les membres seniors. Je suppose qu'il n'y a qu'eux et moi aujourd'hui.

Je commence à enlever mes lapins et à enfiler mes talons aiguilles à lanières lorsque mon téléphone sonne. Je sais qui ça doit être. Mon Steve du Nouvel An.

Je ris pour moi-même. C'est toujours drôle.

Steve : As-tu déjà quitté le bureau ?

Moi : Tu sais que c'est encore le matin, non ?

Steve : Tu sais que c'est des vacances, n'est-ce pas ?

Moi : Raison de plus pour que je doive terminer ces rapports. Je suis prêt à prendre quelques jours de congé et à bien commencer la nouvelle année. En parlant de ça, as-tu déjà décidé où nous allons nous retrouver ?

Steve : Oui. Mais c'est quand même une surprise.

Moi : On se retrouve dans moins de 12 heures ! J'ai besoin de temps pour me préparer !

Steve : Il n'y a rien à préparer. Habillez-vous pour une soirée et attendez que je vous dise où aller. Je promets que ce sera amusant.

Moi : Amusant comme « la lotion est dans le panier, bonjour Clarice », ou... ?

Steve : Mdr. Non, Clarisse. Je ne suis pas un tueur en série. Et nous nous rencontrerons dans un lieu public. Pas de soucis là-bas.

Moi : Pas inquiet. Juste prudent. Après tout, vous êtes un étranger.

Steve : Pas pour très longtemps, en supposant que vous rédigiez ces rapports. J'ai un rendez-vous pour déjeuner avec un copain donc je vous laisse y revenir. À ce soir.

Moi : J'ai hâte de voir tes couilles tomber avec toi !

Moi : Tes couilles !

Moi : Le ballon ! Pas tes couilles ! Je suis sûr que vous en avez plusieurs. Le gros ballon.

Moi : Oh mon Dieu, j'ai arrêté. Je retourne dans ma cachette maintenant

Steve : Une cachette ? Je meurs.

Moi : Non, je le suis. Ne me regarde même pas, je suis hideux.

Steve : MDROLOLOL. Moi et mon gros bal, on se voit ce soir.

Putain de correction automatique.

En fait, ce n'est pas vrai. Cette putain de lumière vacillante m'a fait exploser le cerveau et maintenant j'ai l'air d'une minx excitée. Je suppose qu'il existe de pires façons d'agir lors d'un rendez-vous le soir du Nouvel An.

Se débarrassant de mon embarras parce que je n'ai pas le temps pour ça, j'attache la lanière de ma chaussure. Normalement, je ne me soucierais pas de mes chaussures, mais je dois retrouver ma patronne, Victoria. Je veux qu'elle s'assure qu'elle a bien reçu mes dernières données et qu'elle ne voit aucune divergence flagrante.

Triple contrôle et tout ce jazz.

Je prends ma tasse car autant faire un arrêt pour prendre un rafraîchissement puisque je suis absent. De plus, je ne veux plus me lever de ce bureau à moins que cela ne soit absolument nécessaire.

Il me reste huit heures avant de devoir sortir d'ici, sinon je n'aurai pas le temps de jouer avant le rendez-vous nécessaire. Une bonne toilette prend du temps et même s'il s'agit d'un premier rendez-vous, une fille doit être préparée.

"Hey Vic", j'appelle en jetant un coup d'œil dans son bureau. "As-tu reçu mon..."

Je m'arrête au milieu d'une phrase.

Les lumières de son bureau sont faibles et son ordinateur est éteint.

Elle n'est pas là, bon sang !

Honnêtement, je ne suis pas si surpris. Si j'avais eu un sou pour chaque fois qu'elle ne se présentait pas un jour comme aujourd'hui, j'aurais assez d'argent pour arrêter depuis longtemps. Ce n'est pas un jour férié d'entreprise mais quand les gros bonnets ne sont pas là, la moitié des patrons ne viennent pas non plus.

Je suppose que cela signifie qu'elle a une grande confiance en ma capacité à faire le travail.

Cela signifie également un jour de congé payé supplémentaire pour moi lorsque je lui rappelle qu'elle me doit de m'être présentée alors qu'elle ne l'était pas. Habituellement, cela suscite un regard noir juste avant qu'elle ne signe ma demande.

Suffisant pour moi.

Mon seul regret est de changer de chaussures au cas où. Pauvres lapins négligés. Je leur reviendrai bientôt. Mais d'abord, salle de repos.

Je pourrais utiliser celui de cet étage, mais à la place j'utilise l'ascenseur pour monter d'un niveau. Pour une raison quelconque, les agents reçoivent une cafetière sophistiquée et des armoires remplies de collations, et en ce moment, j'ai envie d'une mise à niveau. Nous, les gens modestes en comptabilité, obtenons du zippo.

Je n'ai aucune idée de qui achète toutes les barres granola et les collations aux fruits, mais il n'y a aucune note disant de garder mes gants, donc je suppose qu'ils sont émis par l'entreprise. Sinon... eh bien, je pourrai toujours m'excuser plus tard.

Le trajet est court et je me dirige directement vers le bureau de Meg. C'est la deuxième raison pour laquelle j'aime mieux cet étage.

En me faufilant derrière elle, je m'approche le plus possible avant d'utiliser tout mon volume pour la saluer avec un « Hey ! »

Elle sursaute et couine, manquant de peu mon visage avec l'arrière de sa tête.

« Hé, regarde-le ! Vous auriez pu me casser le nez et je n'ai pas besoin de me présenter avec un pour briser la glace pour mon rendez-vous. Je dois au moins essayer de ressembler à ma photo de profil LoveSwept ce soir.

"Ça te sert bien de me surprendre comme ça." Meg serre son cœur couvert de pull laid. Est-ce qu'elle vient d'appuyer sur un bouton de son haut qui fait chanter Aude Lang Syne ?

Qui suis-je plaisantais ?

Voici Meg – bien sûr qu'elle l'a fait. Non pas que j'aie la possibilité de juger. Mes lapins me manquent déjà. Pourtant, je ne peux pas laisser passer ce moment.

« Euh... pourquoi ton pull chante-t-il ?

Ses yeux s'illuminent, visiblement distraits par sa fausse crise cardiaque. « N'est-ce pas mignon ? Adam l'a trouvé et savait que je l'adorerais. J'ai dit qu'il criait mon nom.

« Tu ne sors pas ensemble depuis environ trente secondes ? Est-ce une durée appropriée pour offrir des cadeaux à White Elephant ?

« Ce n'est pas un cadeau gag. C'est le cadeau parfait. Elle lisse son haut et enlève des peluches imaginaires. « Et les cadeaux, c'est bien. Quand vous savez que vous en avez trouvé un bon, vous le savez. En parlant de ça, ne devrais-tu pas terminer quelques rapports pour pouvoir te rendre à ton rendez-vous sexy ?

Je m'appuie contre elle contre le mur de la cabine et soupire. «Je suis si près d'avoir fini, mais cette foutue ampoule continue de me prendre en photo. Cela me fait grimper au mur.

« Pourquoi ne demandez-vous pas à votre chef de bureau de s'en occuper ? »

« Pourquoi tout le monde continue de dire ça ? La maintenance ne devrait-elle pas répondre, peu importe qui appelle ?

« Je suis presque sûr que c'est le chef de bureau qui approuve ou non ses jours de vacances. Il y a plus d'incitations à suivre cette voie.

Je lève les yeux au ciel de façon dramatique. « Fiiiiine. À mon retour, je passerai par un putain d'intermédiaire.

"Vous êtes terriblement théâtral aujourd'hui."

« Ce n'est pas différent des autres jours de la semaine, aujourd'hui j'ai juste un public. Toi."

"N'est-ce pas la vérité", dit Meg en riant et elle avance sa chaise comme si elle était prête à se remettre au travail.

C'est mon signal.

« Je vais prendre quelques rafraîchissements et m'y remettre. Ne restez pas trop tard aujourd'hui.

« Je n'en ai pas l'intention. Une fois qu'Adam en aura fini avec la crise des ligues majeures, nous partirons jusqu'à l'année prochaine.

Je me penche et lui fais un rapide câlin. "Soyez en sécurité ce soir."

"Nous allons. Et dites-moi comment ça se passe avec M. Personnalité.

Je me redresse et serre mes perles imaginaires. "Excuse-toi. Son nom est Steve du Nouvel An. »

Meg se frappe le visage avec la paume de la main et secoue la tête. « Bien sûr que oui. Au revoir Félicité. Elle me chante d'un geste de la main et je prends note mentalement de lui poser des questions plus tard sur les flocons de neige peints sur ses ongles.

Ils sont mignons. J'en aurai peut-être besoin pour mes petons.

Le claquement des claviers me salue alors que je me fraye un chemin à travers la rangée de cabines. Un peu plus bas, se trouvent plusieurs bureaux. Des voix masculines s'échappent de l'une d'elles. Je ne peux que supposer que c'est Adam qui fait face à sa crise.

Sérieusement, quel genre de crise un joueur pourrait-il vivre le soir du Nouvel An ? Ce doit être un problème de relations publiques. Même si je déteste que quoi que ce soit puisse potentiellement empiéter sur la soirée de Meg, c'est probablement digne d'une émission de téléréalité. Je devrais garder un œil sur les potins sur les célébrités aujourd'hui.

En fait non. Non, je ne devrais suivre aucune forme de potins aujourd'hui. Sinon, le seul rendez-vous que j'aurai sera dans ce bureau, assis à mon bureau, en sirotant du lait au chocolat au lieu du champagne. Et je sais déjà que Skeeter me poserait un lapin.

Revigoré de motivation, je le réserve pour terminer ma tâche. Les vacances n'attendent aucune femme, et je serai damné si je manque celle-là.4HarrisonJe ralentis mes pas devant mon immeuble, les mains sur les genoux et des bouffées d'air que je vois s'assombrir devant mon visage. D'habitude, je ne fais pas de jogging dehors fin décembre, mais j'avais besoin de changer d'air aujourd'hui. J'espérais pouvoir me distraire de mes nerfs à propos de ce soir.

Cela n'a pas fonctionné.

Maintenant, je suis juste fatigué, mes orteils sont gelés et je continue de renifler parce que mon nez coule à cause du froid. J'aurais dû m'en tenir au tapis roulant.

"Avez-vous fait une bonne course, monsieur?"

Je lève la tête pour voir Fritz, probablement le portier le plus gentil du monde, debout à côté de moi. Je prends une dernière profonde inspiration avant de me lever.

"Il faisait froid, c'est sûr."

"Je peux imaginer." Il ouvre la lourde porte vitrée pour moi comme nous l'avons fait des milliers de fois auparavant. "On dirait que c'était une excellente façon de terminer l'année écoulée et de commencer la nouvelle."

"Je me sens vraiment excité pour ce soir." Je remarque en entrant dans la grande entrée pour m'étirer. « Que fais-tu pour fêter ça ce soir, Fritz ? » J'aime parler au vieux. Ce n'est pas le seul portier mais c'est définitivement mon préféré.

« Oh, comme chaque année, je suppose. Je vais dîner tranquillement et regarder la balle tomber. Probablement la version de la côte Est. Je travaille demain donc je ne veux pas perdre mon repos.

"Alors pas de rendez-vous sexy ?"

Il rit. « Ah, la photo de ma belle Imelda restera juste à côté de moi tout le temps. C'est tout le rendez-vous dont j'ai besoin.

Fritz a perdu sa femme à cause du drame de la vieillesse il y a quelques années. Et pourtant, il reste un fils d'arme romantique.

En tapant sur son épaule, je ne peux m'empêcher d'espérer qu'un jour je serai quelque chose comme lui. "Tu es un homme bon, Fritz."

"Vous aussi, monsieur." Il me fait un signe de tête alors que je me dirige vers les ascenseurs et les trois mille pieds carrés que j'appelle chez moi.

L'espace à aire ouverte dans lequel je vis offre toutes les améliorations que l'on peut espérer dans le meilleur district scolaire des environs. Ce n'est cependant pas pour cela que je l'ai choisi. J'ai acheté cet appartement en particulier à cause des baies vitrées. Si j'appuie mon front contre la vitre de la bonne manière et que je baisse les yeux, j'ai l'impression de voler.

Cela semble ridicule, mais c'est agréable d'avoir parfois l'impression de planer au-dessus de tous les problèmes ci-dessous.

◌́◌́◌́◌́◌́◌́◌́◌́ adorerait être ici.

La vue – à quoi ça ressemble la nuit.

Bon Dieu, j'ai trop regardé Hallmark Channel.

Je vérifie la montre à mon poignet et constate que je n'ai que vingt minutes pour me remettre en ville pour mon déjeuner avec Adam si je veux être à l'heure pour ma coupe de cheveux, et pendant que j'y suis, je peux demande à mon styliste de me raser.

Faire d'une pierre deux coups...

À la hâte, j'enfile un peu de déodorant frais et tombe sur le même jean que je portais la nuit dernière après le travail, une casquette recouvrant ma vadrouille moite et échevelée avant de retourner au bureau.

Non pas que je n'ai pas grand-chose à faire là-bas pour le moment.

C'est absolument faux. J'ai toujours quelque chose à faire, mais étant donné que c'est le réveillon du Nouvel An, je vais laisser passer un tas de conneries, et la plupart des questions liées à l'exécutif seront suspendues jusqu'au début de la nouvelle année (qui est techniquement lundi, mais qui fait attention).

Le plus gros problème est d'attendre que ces dossiers financiers soient rapprochés. Heureusement que nous avons toute une équipe engagée pour y parvenir aujourd'hui. Je suis sûr qu'ils travaillent tous dur. Je devrais vérifier à cet étage pendant que j'y suis. Ils auraient probablement besoin d'un déjeuner privé avec traiteur la semaine prochaine.

J'envoie un petit message au chef de bureau pour ne pas oublier.

Moi : Salut Beth, pour la semaine prochaine — Préparons le déjeuner dans la salle de conférence pour l'équipe comptable. Je tiens à les remercier pour leur travail acharné ce trimestre.

Beth : Ça fera l'affaire ! Des demandes particulières ?

Moi : Italien peut-être ?

Qui n'aime pas ça ?

Moi : Pâtes, salade, pain à l'ail... ? Des pizzas peut-être ?

Beth : Cela semble génial, M. McGinnis. Mais peut-être un peu trop pour seulement cinq personnes ?

Bon point. J'oublie toujours que l'équipe comptable est petite.

Moi : Attends, donne-moi une minute.

J'ai enfilé une paire de baskets défraîchies, trop usées pour courir, mais juste portées et suffisamment confortables pour ne pas avoir à me pencher pour les attacher.

Je franchis la porte coupe-feu de mon étage et les escaliers jusqu'au rez-de-chaussée pour continuer mon entraînement, envoyant un message à ◇◇◇◇◇◇◇◇ au fur et à mesure. Elle travaille dans un petit bureau. Elle a probablement une opinion sur ce genre de chose.

Moi : Petite question. Si vous deviez récompenser un petit groupe de personnes pour leur dépassement, organiseriez-vous un déjeuner avec traiteur, ou... autre chose.

◇◇◇◇◇◇◇◇ : Ça dépend. Ce groupe est-il composé de femmes ou d'hommes, ou d'un mélange des deux ?

Moi : Les femmes.

Félicité : Hmm. Si c'était des hommes, je dirais que le déjeuner serait génial. S'il s'agit de femmes et que vous essayez de leur montrer à quel point vous les appréciez, que diriez-vous de cartes-cadeaux dans un endroit sympa. Comme un spa ou quelque chose comme ça ? Qui n'aime pas se frotter le dos ?

◇◇◇◇◇◇◇ : Ne vous méprenez pas, le déjeuner est VRAIMENT réfléchi et probablement inutile.

Moi : Non, tu as raison. Il n'y a que cinq personnes et j'étais sur le point de commander une tonne de nourriture et j'ai pensé que je vérifierais avec vous d'abord.

Je me tiens sur la plate-forme entre les étages dix et onze, interrompant ma descente pour pouvoir envoyer des messages sans avoir l'air d'un idiot incompétent en correction automatique.

◇◇◇◇◇◇◇ : Contente d'avoir pu aider !

Je ferme l'application LoveSwept et envoie un autre message à Beth.

Moi : En y réfléchissant bien, que diriez-vous de quelques cartes-cadeaux ? C'est quoi ce spa à Kilbourn ???

Beth : L'eau et la terre ?

Moi : C'est celui-là !

Beth : Excellent choix, patron ! Je vais m'y mettre.

Chef.

Ça fait quand même bizarre de voir ça par écrit, ou de l'entendre d'ailleurs. Après la mort de mon grand-père et la retraite de mon père, le seul qui restait dans la famille qui pouvait diriger les choses, c'était moi.

Certaines choses concernant la prise de relais auxquelles je ne m'habituerai jamais.

Je suis au bureau en peu de temps — ce n'est pas loin de chez moi, mais je n'ai pas le temps de marcher. Et je ne vais pas prendre un taxi, alors je fais du jogging, même si je suis en jean ; est-ce que je m'en soucie même si je transpire, puisque je ne me suis pas encore douché ?

Je suis haletant lorsque j'arrive devant le quartier général de McGinnis, m'arrêtant pour laisser passer l'adrénaline qui coule dans mes veines, retirant ma fine veste d'hiver et mon tee-shirt en dessous de mon corps et de sous mes aisselles en sueur.

Il fait vraiment froid dehors aussi.

Il ne fait aucun doute que je vais me geler les couilles une fois que ma température corporelle redeviendra normale.

Quand je lève les yeux, Adam attend dans le hall, les yeux rivés sur son téléphone, nonchalamment appuyé contre le bureau près des tourniquets, l'air bien plus élégant que moi.

Pantalons habillés. Caban en laine. Écharpe à carreaux rouge. Gants en cuir noir.

Il lève la main quand je m'approche et nous nous donnons une tape dans la main.

"Hé mec, qu'est-ce qui t'a pris si longtemps?" » Il veut savoir, en fourrant son téléphone dans la poche de son manteau. "Je t'envoyais un texto?"

"J'ai fait du jogging."

Il me regarde de haut en bas. "Tu as l'air d'une merde, mec."

"Merci."

Nous nous dirigeons vers les portes tournantes et sommes de retour dans la rue, arrêtant un taxi pour nous diriger vers notre réservation de déjeuner.

Eh bien, la réserve pourrait être une exagération. Adam et moi avons une réservation permanente dans un bar-restaurant sportif situé dans la partie la plus ombragée de la ville. C'est une institution proche du stade de baseball, qui existe depuis plus longtemps que le stade lui-même ; sombre et crasseux, murs couverts de souvenirs. J'ai essayé d'acheter le propriétaire au moins une douzaine de fois.

Spence et Boone.

Sauf que seul Boone reste.

La nourriture est fantastique, les locaux adorent entendre les derniers potins d'initiés (quand ils ne sont pas confidentiels, bien sûr) et Adam et moi adorons entendre le point de vue des fans.

Notre place près de la fenêtre est prise – l'endroit est plein à craquer pour un match de Bowl universitaire – mais Boone travaille et tire une table près de l'un des téléviseurs à écran plat, réorganisant les chaises et nous pressant sur une table qui n'existait pas avant notre arrivée. arrivée.

C'est vraiment gênant, et je sens mes joues rougir d'embarras face aux efforts déployés pour nous accueillir, mais qui sommes-nous pour insister pour que nous nous asseyions quelque part sans une bonne vue ?

Adam ne laisserait pas cela arriver. Il adore le traitement spécial. Et lorsque les factures arrivent, nous montrons toujours notre appréciation avec un gros pourboire. Parfois des billets pour un match, parfois des bons pour des marchandises. Des vêtements parfois dédicacés.

Dépend.

Boone demande à un serveur de nous apporter notre bière pression habituelle, quelle que soit l'IPA disponible ce jour-là chez un brasseur local, et un panier de chips pour nous occuper pendant que nous attendons notre déjeuner habituel : deux bratwurst avec de la choucroute, de la moutarde, du ketchup et une saucisse partagée. un panier de fromage en grains frit et un autre de cornichons frits.

C'est vraiment gênant, et je sens mes joues rougir d'embarras face aux efforts déployés pour nous accueillir, mais qui sommes-nous pour insister pour que nous nous asseyions quelque part sans une bonne vue ?

Adam ne laisserait pas cela arriver. Il adore le traitement spécial. Et lorsque les factures arrivent, nous montrons toujours notre appréciation avec un gros pourboire. Parfois des billets pour un match, parfois des bons pour des marchandises. Des vêtements parfois dédicacés.

Dépend.

Boone demande à un serveur de nous apporter notre bière pression habituelle, quelle que soit l'IPA disponible ce jour-là chez un brasseur local, et un panier de chips pour nous occuper pendant que nous attendons notre déjeuner habituel : deux bratwurst avec de la choucroute, de la moutarde, du ketchup et une saucisse partagée. un panier de fromage en grains frit et un autre de cornichons frits.

Avec ranch.

Ouais, ouais, ouais, je sais, ça va probablement me faire chier – mais nous venons du Midwest, donne-nous une pause.

"De grands projets pour ce soir?" » demande Adam en se fourrant quelques chips dans la bouche et en les arrosant avec l'eau glacée sur notre table.

"Oui en fait, grand rendez-vous ce soir."

Ses yeux s'écarquillent. C'est une nouvelle. Je n'ai pas eu de rendez-vous depuis des mois, et pas un dont je voulais même parler à l'époque.

"Un rendez-vous? Comme... un premier rendez-vous ?

"Ouais."

« Un premier rendez-vous. Le soir du Nouvel An?"

Je me penche en arrière en penchant la tête. "Ouais? Est-ce mauvais?"

Adam semble le penser. "Réveillon de Nouvel an. C'est comme avoir un premier rendez-vous le jour de la Saint-Valentin, mec. Il laisse échapper un petit sifflement. "Mec. Cela place la barre très haute.

« Peut-être que je veux que la barre soit très haute. J'aime cette femme.

"Eh bien, je l'espère, car tu pourrais te retrouver avec un collant après celui-ci." Il siffle à nouveau, un morceau de chips mâché s'échappant d'entre ses lèvres. "Ne soyez pas trop fantaisiste ou vous vous préparez à une déception."

"Vous êtes vraiment dramatique."

"Vraiment?" Mâchez, mâchez. « Depuis combien de temps connaissez-vous cette femme ?

« Je... » Voyons, comment dire ça ? "Je ne sais pas. Nous nous sommes connectés sur une application de rencontres.

Adam fait une pause avant de secouer la tête. "Mec, tu es fou."

"Oh, c'est vrai, vous détestez les applications de rencontres et les rencontres d'ailleurs - vous avez juste eu la chance de trouver l'amour de votre vie au travail, juste sous votre nez."

Il se moque. « C'est vrai, mais je ne savais pas qu'elle était juste sous mon nez, tu te souviens ? Nous nous sommes rencontrés parce qu'elle avait des problèmes techniques et nous avons accidentellement commencé à discuter sur le système de messagerie du bureau.

"Et le système de messagerie est tellement différent d'une application de rencontres ?"

Il hausse les épaules. "Les RH ont déjà examiné les fous pour moi."

Il m'a eu là.

"Mais tu n'oublies pas l'incident de l'ascenseur ?"

Il lève les yeux au ciel. « Qui pourrait oublier ça ? Personne ne veut être coincé dans un ascenseur lors de la fête de Noël de l'entreprise, surtout moi. Surtout sans nourriture.

Peut être. "Mais si tu ne l'avais pas fait, tu n'aurais pas réalisé que Meg était l'amour de ta vie."

Cette déclaration lui plaît. "Vrai. Il va donc de soi que peut-être – juste peut-être – il y a quelqu'un chez McGinnis qui est votre partenaire idéal, mais vous ne l'avez tout simplement pas encore rencontré.

C'est vrai, mais ce n'est pas la même chose pour lui que pour moi. Je possède et dirige l'entreprise, et tu ne chies pas là où tu manges, et tu ne plonges pas dans l'étang de l'entreprise. Cela met tout le monde dans une position compromettante et je n'abuserai jamais de mon influence en obligeant une femme à sortir avec moi.

Non.

Je ne vais pas le faire.

Il existe une politique de non-fraternisation, mais les règles ne sont évidemment pas fortement appliquées. C'est à moi de me tenir au-dessus des normes habituelles de comportement approprié et de montrer l'exemple.

« Honnêtement, mon frère, c'est juste plus facile de faire les choses de cette façon. D'une part, j'évite les chercheurs d'or qui ne voient que les signes du dollar. Je ne veux même pas rencontrer quelqu'un lors d'une collecte de fonds ou autre – ils savent tous qui je suis avant qu'on nous présente. Les chercheurs d'or sont comme des piranhas.

Pire en fait.

« Quelle est la deuxième chose ? » Il avale un peu de sa bière.

« Deuxièmement, même si c'est la fille de quelqu'un de riche », par exemple la fille, la nièce ou la petite-fille d'un propriétaire d'équipe, c'est une toute autre histoire. « C'est presque pire. Parce qu'ils veulent seulement sortir avec moi pour maintenir leur style de vie – pas parce qu'ils s'intéressent à moi de manière romantique.

Il hoche la tête parce qu'il comprend. "Y a-t-il une troisième chose?"

Oui. "Et si je rencontre quelqu'un dans la nature, il voit le flash : la montre à trente mille dollars, la voiture chère, la cravate en soie – la fumée." Je me mets aussi une chips dans la bouche. "Je ne suis pas à propos de cette vie."

"Euh. La fumée ressemble plus à du pet aujourd'hui, mec – tu as l'air d'un sans-abri.

C'est exagéré. "Non. Ma mère m'a offert cette veste. » J'appuie sur le duvet Patagonia, puis je tâte la fermeture éclair, la tire vers le bas et la retire.

« Ta mère t'a donné cette veste ? » Adam lève à nouveau les yeux au ciel. "Wow, si quelqu'un a besoin d'une petite amie, c'est bien toi." Il rit. "Votre maman. Est-ce qu'elle achète aussi vos chaussettes et vos sous-vêtements ?

Je fronce les sourcils, parce que oui, parfois, c'est le cas, et peu importe ? Elle s'ennuie à mourir et mon père la rend folle maintenant qu'il ne travaille pas soixante-dix heures par semaine.

Sa dernière idée était d'acheter un camping-car et de le conduire à travers les États-Unis, mais elle a rapidement mis un terme à cette idée. "Alors d'accord, tu as rencontré cette nana, où ?"

« Sur une application de rencontres appelée LoveSwept. C'est comme l'application sans connexion pour les professionnels.

« Bien sûr, bien sûr, j'en ai entendu parler, je pense. Ma cousine vient de se fiancer avec quelqu'un qu'elle a rencontré sur Sparks, sauf que je suis presque sûr que les mecs peuvent envoyer des photos via ça ? Vous savez, comme les photos de bites.

"J'ai compris ce que tu voulais dire."

Je ne ferais jamais ça. L'idée d'une femme étrange prenant une capture d'écran de mes fesses ? Non merci. En plus, les hommes qui pensent que leurs bites sont photogéniques sont fous.

"Quoi qu'il en soit, le réveillon du Nouvel An, hein ?"

Le serveur choisit ce moment pour venir avec notre nourriture, la plaçant devant nous avant de demander si nous avons besoin d'autre chose et de s'éloigner.

"Ouais - NY E." Je trempe l'une des chips de cornichon frites dans la vinaigrette ranch, souffle dessus avant de la mettre dans ma bouche et de me brûler les papilles gustatives. MERDE C'EST CHAUD. « Sauf qu'elle ne connaît pas vraiment mon vrai nom, ce qui n'est pas si grave, n'est-ce pas ? Mais cela pourrait être bizarre au début de dire : « Hé, je m'appelle Harrison, haha. »

Cela intéresse beaucoup mon ami. "Comment lui as-tu dit que tu t'appelais ?"

Je hausse les épaules. "Steve."

«Eh», dit-il. « Je ne vous en veux pas. C'est bien trop facile de trouver des gens en ligne et tout ça. Tu veux t'assurer qu'elle est normale avant de lui donner tous les bons détails. Je comprends."

"Exactement. Ce n'est pas comme si faire des recherches sur Harrison McGinnis allait révéler des tonnes d'autres hommes. Je suis une cible facile. »

"Tu es un génie." Il mord son gosse, mais comme nous n'avons pas tout le temps du monde pour rester assis ici à tirer sur la brise, il s'allume, même avec la bouche pleine de nourriture. Ce qui est dégoûtant, mais peu importe. "Peut-être que Meg et moi te rejoindrons. Où est ton rendez-vous ?

« Tant pis si je te le dis !

"Pourquoi?" Il fait semblant d'être insulté.

« À cause de ce que vous venez de dire : rejoignez-nous ! Je n'ai pas besoin de public quand je me ridiculise.

"Ne porte pas cette tenue ce soir, sinon elle va penser que tu as passé la journée à faire le tour du pâté de maisons dans ta Losermobile."

Perdant mobile ?

C'est un idiot.

Adam vérifie son téléphone, grimace, le pose, puis s'essuie la bouche. Il boit la moitié de la bière dans son verre avant d'annoncer : « Nous devons rebondir. »

Je bois aussi rapidement ma bière, mais je me lève et attrape ma veste en l'enfilant. Plongez dans ma poche pour mon portefeuille et jetez un billet de cent dollars.

Prends ma bratwurst, parce que je ne laisse pas ce bébé derrière moi.

"Que se passe-t-il? Pourquoi ne pouvons-nous pas rester et finir ?

"Manuel Gomez a reçu un coup sûr et ils ont dû le faire sortir du terrain sur une civière."

"Putain!"

Manuel est l'un des clients d'Adam ; il fait partie des Nashville Mountaineers et était en négociations pour signer un contrat plus lucratif avec une équipe triple vainqueur du Super Bowl.

«C'était sa mère. Ils veulent me voir. Il attrape son propre gosse et glisse hors de la chaise. « J'ai reçu toute la journée des appels de journalistes et de sponsors, tous demandant des mises à jour. Les vautours. Bon Dieu si je sais combien de temps il va être absent. Donnez aux médecins une chance de faire leur travail en premier.

Nous hésitons un taxi, il y en a beaucoup, et mangeons nos morveux en chemin, nous léchant les doigts en retournant au bureau. D'après l'éclat du rétroviseur, je dirais que le conducteur n'est pas ravi d'apporter de la nourriture dans sa voiture, mais sérieusement, mon déjeuner ne sent pas pire que l'intérieur de cette chose. Ou peut-être que l'odeur vient juste de moi après mon jogging. Quoi qu'il en soit, il recevra un gros pourboire et s'en remettra.

Quand nous remontons à l'étage, Adam suit son chemin pendant que je commence à suivre le mien, mais pas avant de lui dire : « Si je peux faire quelque chose, mec, fais-le-moi savoir.

"Je vais. Bonne chance ce soir."

Nous nous cognons les poings et je traîne jusqu'aux toilettes pour pouvoir me laver les mains après avoir été dans le taxi ; remarquant que c'est étrangement calme lorsque je me dirige vers mon bureau.

Étrange.

Je pensais simplement que davantage de personnes travailleraient, étant donné que nos clients bénéficient rarement de répit. Quelle que soit la période de l'année, ils sont trop occupés à divertir les masses avec leurs aptitudes physiques pour avoir du temps libre aujourd'hui. Je suppose qu'il s'agit principalement de nos clients footballeurs.

Toujours.

Nous représentons une bonne partie des athlètes actifs sur le terrain aujourd'hui, et un bon pourcentage de retraités qui ont des contrats de sponsoring, de télévision et de cinéma.

Peut-être que je devrais descendre en bas pour faire un rapide contrôle de bien-être en matière de comptabilité : il est assez tôt dans la journée pour qu'ils aient le temps d'atteindre leur objectif, mais la fin de la semaine et la fin de la file d'attente ; il suffit de s'assurer qu'ils ne cèdent pas sous la pression. Bon sang, je n'ai rien d'autre à faire que de les surveiller. Ma liste est assez courte.

La Coupe de cheveux.

Raser.

Douche.

Date.

Oui, beaucoup de temps pour tout faire.

J'ai eu ça.

Je... prends une profonde inspiration et réalise...

Je pue.

Sentir ses propres aisselles n'est jamais la chose la plus élégante à faire, surtout pas en public, mais c'est une action que je ne peux pas arrêter ; pas après avoir senti une bouffée de moi-même.

Sueur et nourriture frite.

Pouah.

Je regarde mon reflet dans les panneaux dorés de l'intérieur de l'ascenseur, gémissant à la vue de ma barbe de trois jours, de mon jean déchiré, de mes baskets usées et de ma casquette de baseball au bord déchiqueté.

Adam avait raison. Je devrais avoir sur moi une pancarte en carton en ce moment.

Je regrette soudain d'avoir laissé ma veste sur la chaise de mon bureau. Cela aurait certainement été utile de dissimuler ce gâchis d'un t-shirt de concert des années 90.

J'aurais aussi pu utiliser la manche de ma veste pour nettoyer la graisse qui se trouve à l'intérieur des portes lorsqu'elles s'ouvrent. Je prends note de demander à l'équipe de Skeeter de faire un nettoyage des quatre étages que nous occupons puisque l'équipe de nettoyage ne l'a apparemment pas fait.

Non pas que je l'ai vu du tout ces derniers temps. Je lui en parlerai quand je le reverrai après son retour de vacances.

Je descends de l'ascenseur et regarde en arrière quand il grince, les portes coulissantes se ferment lentement – puis s'ouvrent à nouveau, coincées.

Hmm.

Bizarre.

Ce n'était pas le cas avant quand je suis arrivé ; peut-être que les portes doivent être huilées et pas seulement nettoyées. Certes, les responsables de la maintenance ne sont pas des techniciens d'ascenseurs, mais s'ils peuvent réparer quelque chose avant de faire appel à un tiers, nous avons plus de pouvoir.

J'appuie sur le bouton rouge STOP à l'intérieur et la voiture reste sur place, à l'arrêt.

Accroupi devant le boîtier d'alimentation, j'ouvre la petite porte avec le couteau suisse dans ma poche arrière – celui que je garde sur mon porte-clés – en le dévissant avec empressement.

Regardez à l'intérieur pour voir si un interrupteur d'alimentation a été déclenché.

Je ne suis peut-être pas un réparateur, mais je vis aussi dans un immeuble avec un monte-charge qui tombe régulièrement en panne, donc je connais une ou deux choses sur les bases.

Pas de court-circuit électrique. Aucune altération du panneau de commande.

Non...

Peut-être que je devrais descendre en bas pour faire un rapide contrôle de bien-être en matière de comptabilité : il est assez tôt dans la journée pour qu'ils aient le temps d'atteindre leur objectif, mais la fin de la semaine et la fin de la file d'attente ; il suffit de s'assurer qu'ils ne cèdent pas sous la pression. Bon sang, je n'ai rien d'autre à faire que de les surveiller. Ma liste est assez courte.

La Coupe de cheveux.

Raser.

Douche.

Date.

Oui, beaucoup de temps pour tout faire.

J'ai eu ça.

Je... prends une profonde inspiration et réalise...

Je pue.

Sentir ses propres aisselles n'est jamais la chose la plus élégante à faire, surtout pas en public, mais c'est une action que je ne peux pas arrêter ; pas après avoir senti une bouffée de moi-même.

Sueur et nourriture frite.

Pouah.

Je regarde mon reflet dans les panneaux dorés de l'intérieur de l'ascenseur, gémissant à la vue de ma barbe de trois jours, de mon jean déchiré, de mes baskets usées et de ma casquette de baseball au bord déchiqueté.

Adam avait raison. Je devrais avoir sur moi une pancarte en carton en ce moment.

Je regrette soudain d'avoir laissé ma veste sur la chaise de mon bureau. Cela aurait certainement été utile de dissimuler ce gâchis d'un t-shirt de concert des années 90.

J'aurais aussi pu utiliser la manche de ma veste pour nettoyer la graisse qui se trouve à l'intérieur des portes lorsqu'elles s'ouvrent. Je prends note de demander à l'équipe de Skeeter de faire un nettoyage des quatre étages que nous occupons puisque l'équipe de nettoyage ne l'a apparemment pas fait.

Non pas que je l'ai vu du tout ces derniers temps. Je lui en parlerai quand je le reverrai après son retour de vacances.

Je descends de l'ascenseur et regarde en arrière quand il grince, les portes coulissantes se ferment lentement – puis s'ouvrent à nouveau, coincées.

Hmm.

Bizarre.

Ce n'était pas le cas avant quand je suis arrivé ; peut-être que les portes doivent être huilées et pas seulement nettoyées. Certes, les responsables de la maintenance ne sont pas des techniciens d'ascenseurs, mais s'ils peuvent réparer quelque chose avant de faire appel à un tiers, nous avons plus de pouvoir.

J'appuie sur le bouton rouge STOP à l'intérieur et la voiture reste sur place, à l'arrêt.

Accroupi devant le boîtier d'alimentation, j'ouvre la petite porte avec le couteau suisse dans ma poche arrière – celui que je garde sur mon porte-clés – en le dévissant avec empressement.

Regardez à l'intérieur pour voir si un interrupteur d'alimentation a été déclenché.

Je ne suis peut-être pas un réparateur, mais je vis aussi dans un immeuble avec un monte-charge qui tombe régulièrement en panne, donc je connais une ou deux choses sur les bases.

Pas de court-circuit électrique. Aucune altération du panneau de commande.

Non...

"Phew! Te voilà." Une voix joyeuse retentit dans mon dos tandis que je fourre l'outil de la taille d'une pinte dans mon jean. "Je n'ai jamais été aussi soulagé de voir quelqu'un de ma vie." La voix fait une pause. "D'accord, c'est trop dramatique – une fois, j'ai été soulagé de voir le Père Noël dans mon salon en train de manger des biscuits, mais nous savons tous les deux qu'il n'est pas réel et que vous l'êtes."

Je pivote sur mes semelles en caoutchouc – qui grincent tout le long du trajet, un peu comme l'ascenseur – et je regarde fixement. La jeune femme tape dans ses mains avec une joie moqueuse. « Je suis tellement contente que tu sois enfin là ! Quand vous aurez fini avec l'ascenseur, pourrez-vous remplacer cette ampoule au-dessus de mon bureau ? »

Je n'ai aucune idée de ce dont elle parle, mais elle est amusante et je garde les lèvres fermées.

"Si vous n'avez pas écouté mes messages vocaux, allez-y et supprimez-les – je commençais à avoir l'air désespéré, ha ha!"

Quels messages vocaux ?

"Je peux honnêtement vous dire que je n'ai écouté aucun message vocal désespéré."

Ce n'est pas un mensonge, mais ce n'est pas un aveu que je n'ai aucune idée de qui elle est. Elle, par contre, me connaît apparemment ? Mais...

« Que faites-vous toute la journée là-bas, dans le bureau de garde ? Boire du café et manger des beignets ?

Ou peut-être qu'elle ne me connaît pas. De quoi parle-t-elle ?

« Je suis désolé, je n'aurais pas dû dire ça – je suis sûr que vous éteignez plus d'incendies que je ne peux l'imaginer. Ma situation d'ampoule cassée n'est guère une priorité, surtout lorsque les ascenseurs sont en panne et que les fenêtres doivent être remplacées.

Elle se tourne vers moi pour obtenir une concession ou un accord, et stupéfait, j'acquiesce.

Cette fille est...

Mignon.

Non, gratte ça. Pas mignon – joli.

Et étrangement familier ?

Ou est-ce que je perds la tête parce que je viens de boire une pinte de bière au milieu de la journée de travail ?

Je retrouve ma voix. « Je suis désolé, d'après vous, quel était le problème ? » On dirait qu'une ampoule dans son bureau doit être remplacée, et je peux sûrement le faire.

Après tout, c'est mon bureau et ma responsabilité, et comment mieux montrer l'exemple que d'accomplir physiquement une tâche pour laquelle un membre de mon équipe a besoin d'aide.

Je peux donner un coup de main. De toute façon, je n'ai rien à faire avant quatre heures.

« La lumière au-dessus de mon bureau vacille et cela me rend fou : j'ai des rapports à terminer cet après-midi et je ne peux pas me permettre ces distractions. Vous n'avez aucune idée à quel point ça a été horrible ! J'ai dû acheter une visière pour bloquer les clignotants – je me sens comme un cheval de course portant des œillères.

Elle rit.

Mon estomac fait un étrange petit roulement que je reconnais comme étant : une attirance.

Merde.

Pas bien.

J'ai un rendez-vous ce soir avec ◇◇◇◇◇◇◇, avec qui je flirte et discute depuis des semaines, et avec qui je construis une fondation. J'en sais plus sur elle qu'Adam.

Cette femme travaille pour moi, et tu te souviens de ce que j'ai dit plus tôt à propos de chier là où je mange ? Même s'il n'y a pas de politique de fraternisation imposée ? « J'ai même une nouvelle ampoule ! » Elle continue de bavarder, ouvrant la voie, se faufilant dans un labyrinthe de cabines installées au centre du rez-de-chaussée. « Je sais que je n'aurais pas dû, mais je suis convaincu que c'est une solution facile, et j'ai pensé que je pourrais peut-être la changer moi-même ? Seulement, cela n'arriverait pas parce que, eh bien, regardez-moi.

Oh, je la regarde bien.

Jolie, petite, cette femme a des courbes aux bons endroits et minuscules en plus. Je doute fortement qu'elle puisse atteindre le plafond à moins d'avoir une échelle de sept pieds. Même alors, c'est incertain.

"Où as-tu trouvé l'ampoule?"

"Je l'ai fait livrer depuis la quincaillerie." Son rire tinte. "J'allais soumettre la dépense à mon patron la semaine prochaine."

Petite chose ingénieuse.

Longs cheveux noirs, yeux exotiques. Des lèvres charnues qui ne semblent pas avoir été rehaussées cosmétiquement.

Je connais cette personne.

Comment puis-je connaître cette personne ?

Cette pensée me taraude jusqu'à ce que nous arrivions à son bureau ; me ronge comme une chanson qui joue dans mon esprit dont je ne peux pas reconnaître ou me souvenir des paroles. Mais je connais la mélodie et l'époque dont elle vient.

Je sais aussi que si je regarde en ligne, je trouverai le titre et l'artiste.

Tout comme je sais que si je regarde en ligne, je trouverai cette fille.

Appelez cela de l'intuition.

Si étrangement familier.

Tellement heureux et joyeux.

Ses mains sont posées sur ses hanches et je réalise qu'elle se tient au milieu de son bureau, sous une lumière fluorescente vacillante, l'une des ampoules se détraquant, projetant des effets de traits dans la pièce.

"Oui, c'est suffisant pour rendre une personne aveugle."

"Exactement!" Elle est tellement contente que je sois d'accord. "Oui merci! Je ne deviens pas fou !

Mon Dieu, elle est adorable.

Comment ne nous sommes-nous jamais rencontrés jusqu'à maintenant ? Ce n'est pas comme si je n'étais jamais allé à cet étage auparavant. En fait, c'est justement le département que je venais voir.

"Où est Victoria?" Je demande en jetant un coup d'œil au bureau à côté de celui-ci, sachant que c'est là que mon responsable financier habite. "Je pensais que vous travailliez tous aujourd'hui pour terminer les rapprochements."

Elle ne se demande pas comment je connais les délais comptables, ni pourquoi je demande où se trouve son subordonné direct.

« Oui, je pensais que nous travaillions tous aujourd'hui aussi, mais hélas, je suis un loup solitaire. Juste moi et ceux-là.

Ma colère monte lorsque Victoria a laissé le gros du travail à son équipe, mais s'apaise un peu lorsque je baisse les yeux pour voir Cutie Accountant remuer ses orteils, les pieds enfouis dans les pantoufles de lapin les plus ridicules et moelleuses.

"Ne me dis pas que tu parles à ceux-là", dis-je en entrant dans son espace de travail.

"Très bien, je ne vous dirai pas que je leur parle, même si je leur parle", taquine-t-elle. « Ne me jugez pas, je suis seul. Ce n'est pas un concert glamour.

Ça me fait rire.

La comptabilité est peut-être le travail de bureau le moins glamour, mais étonnamment, elle le rend sexy, probablement à cause des lapins à ses pieds.

"Et maintenant?" elle demande. "Au fait, je m'appelle ◇◇́◇◇◇◇◇́."

Lorsqu'elle me tend la main en guise d'introduction, je me fige, cloué sur place, incapable de répondre. Du moins, pas comme une personne humaine normale.

Ma bouche s'ouvre, la mâchoire pendante. "Euh."

Félicité rit. "Et tu es.... Tom de la maintenance ? Brad ? Hank ?

Je secoue la tête, sortant de ma stupeur. « Hank ? Qui donne encore ce nom à son enfant ? Je tends la main. "Mes amis m'appellent Harry."

Aucun de mes amis ne m'appelle Harry. La dernière fois qu'ils ont essayé, ils ont reçu un coup de poing au bras, parce que c'était à l'école primaire et je détestais ce nom.

McGinnis. Harrison. Débutant. Requin.

Choisissez-en un, ce sont les options.

Harry me fait frémir les fesses, mais voilà. Je ne peux pas lui dire que je m'appelle Steve ; elle deviendra méfiante. Ce soir allait être la grande révélation – notre rendez-vous à l'aveugle doit être aveugle, donc je vais devoir mentir, mentir et croiser les doigts pour qu'elle ne me déteste pas plus tard.

Merde.

◇◇́◇◇◇◇◇◇́ ne semble pas être le genre de femme qui gardera rancune, mais je me suis déjà trompé à propos des femmes, donc je vais juste devoir espérer et prier.

Je l'aime bien.

Putain, je l'aime vraiment bien.

L'excitation bouillonne dans mon ventre, l'envie de me déclarer si irrésistible que j'ai envie d'exploser avec la nouvelle.

« Harry ? Alors, comme le prince Harry de Grande-Bretagne ?

"Zéro comme le prince Harry de Grande-Bretagne."

Félicité soupire. "Mais il est tellement romantique." Elle pousse un autre rire. « Ma copine et moi étions à Londres pour son mariage, n'est-ce pas nul ? Nous sommes allés dans un pub à Windsor, avons bu du Prosecco pendant la cérémonie et avons chanté et applaudi lorsque la foule s'est déchaînée.

Ouais, je le savais. Elle m'a dit lors de notre première rencontre – c'était parmi ses faits amusants et aléatoires.

Je ne me souviens pas du mien ; probablement que je peux nager deux tours dans une piscine sous l'eau en retenant mon souffle.

Faible. Tellement faible.

"Alors tu es un grand fan?"

Félicité hoche la tête. « Principalement de la famille royale, plus que tout. » Elle fait une pause et me regarde de côté. "Tu penses que c'est bizarre, n'est-ce pas ?"

Oui, mais ce n'est pas à moi de dire ce que quelqu'un trouve fascinant ou non. Je collectionne les vieilles pièces de monnaie, et la plupart de mes amis pensent que c'est stupide, alors qui suis-je pour juger ?

« Alors, euh. Je devrais probablement aller chercher une échelle, non ? »

"Oh! Oui, je suis vraiment désolé de continuer à bavarder ! Le temps, c'est de l'argent, et ici, je vous fais perdre votre temps. Elle se frappe le front avec la paume de la main. «Quand je commence à babiller, dis-moi simplement d'arrêter. J'ai faim mais je sors manger plus tard et je n'ai pas voulu grignoter pour pouvoir tout manger ce soir.

Elle est tellement adorable, debout là dans sa jupe crayon et son chemisier blanc avec ces jolies petites pantoufles.

Continuer cette mascarade pourrait me tuer. Mais si jamais il y a un moment pour une reconnaissance, c'est maintenant mon opportunité.5◇◇◇◇◇◇◇◇Ce n'est pas bizarre que la vue d'un homme soulevant une échelle m'excite, n'est-ce pas ?

Un homme que je viens juste de rencontrer, avec un jean déchiré et une casquette de baseball miteuse ?

Cela ne peut pas être ce qu'il porte régulièrement au travail. Je suppose qu'il est habillé de manière décontractée aujourd'hui puisque c'est un jour férié et tout, son patron Skeeter est parti et personne n'est là pour le réprimander pour sa tenue décontractée.

Eh bien, ça me va très bien.

Je suis Harry dans l'ascenseur, regardant avec scepticisme les boutons jusqu'au bout, inquiet qu'il ne s'ouvre pas lorsque nous atteignons le rez-de-chaussée pour accéder au placard de maintenance, car la voiture est connue pour rester coincée aux moments les plus inopportuns.

Je ne peux pas imaginer être coincé dans un ascenseur, en vacances, avec un parfait inconnu.

C'est ainsi que Meg a rencontré Adam.

En fait, ils se sont « rencontrés » sur le système de messagerie interne de l'entreprise, mais se sont retrouvés coincés pendant la fête de Noël de l'entreprise alors qu'ils se dirigeaient vers le hall, ce qui est une histoire aussi romantique que j'ai jamais entendue.

Toujours. Je n'ai ni nourriture, ni couverture, et pas le temps de me retrouver coincé.

Je retiens mon souffle pendant tout le trajet, cochant les étages à mesure que nous descendons, ignorant le bel homme sexy debout de l'autre côté du petit espace confiné, obsédé par les chiffres illuminés au-dessus des portes coulissantes.

Quinze.

Quatorze.

Dix.

Quatre.

Hall d'entrée.

Ding!

"Est-ce que tu retenais juste ton souffle?" » demande Harry alors que nous sortons, le soulagement en moi étant palpable, faisant s'affaisser mes épaules de répit.

"Oui. Ne savez-vous pas combien de personnes ont été emprisonnées dans cette affaire ?

Harry hésite avant de répondre. « Les ascenseurs ne sont pas mon domaine d'expertise ; Je suppose que l'entreprise d'ascenseurs est généralement appelée pour s'en occuper.

Je souffle. « Ils devraient faire un meilleur travail. Quelqu'un se retrouve coincé plusieurs fois par mois. Je suis anxieuse maintenant et j'ai des barres granola dans mon sac et une bouteille d'eau au cas où.

Plus une petite lampe de poche et une batterie de secours pour mon téléphone.

Sans blague.

Une dame ne peut jamais être trop préparée...

« Je vais en prendre note. Peut-être aussi appeler le propriétaire. On dirait qu'il faut faire autre chose qu'un entretien constant.

Oh... un homme qui prend les choses en main !

Moi comme.

Je suis derrière Harry alors qu'il se dirige vers le placard à fournitures, faisant de mon mieux pour ne pas baisser les yeux sur ses fesses, et je me rends compte qu'il n'y a aucune raison pour que je doive l'accompagner dans cette aventure.

Ce n'est pas mon travail ! Pourquoi je ne travaille pas à mon bureau ? Ce n'est pas comme si j'allais porter l'échelle.

Mon visage rougit d'embarras, mais s'il trouve étrange que je le suive, il ne le laisse pas paraître - me tend seulement la clé du placard et me demande de l'ouvrir pendant qu'il se penche et boit un verre au bar. fontaine fixée au mur.

Cette fois, je jette un œil à ses fesses.

Mais seulement un rapide ! J'ai un rendez-vous ce soir avec quelqu'un d'autre.

Mauvaise félicité, mauvaise ! Vous ne pouvez pas sortir avec un homme employé par votre entreprise – vous ne pouvez pas. Difficile non.

Le plus : il y a Steve.

Steve, Steve, Steve.

Je pousse la porte de la salle des fournitures et la lumière s'allume automatiquement, une pièce sombre remplie d'étagères en métal gris, de seaux à vadrouille et de fournitures en papier. Balais, raclettes. ATTENTION SOL GLISSANT! panneaux. Spray pour vitres et autres choses diverses, le genre de choses rapides que les gardiens peuvent venir récupérer à la rigueur.

Je parie qu'ils ont une autre pièce cachée ailleurs avec des bureaux, des chaises, des dalles de plafond, des corps supplémentaires...

Au moins la dernière chose que je verrai quand je mourrai, c'est le beau visage d'Harry. Ou peut être pas.

Ça sent la poussière, mais il y a une échelle.

Parfait.

Harry passe devant moi pour l'attraper, et je lui tiens la porte ouverte, puis je la verrouille quand il a fini.

Quelle équipe nous formons. Je suis tellement fier de nous même si, en théorie, je n'ai rien fait et que je n'ai pas besoin d'être ici.

C'est du travail de mettre l'échelle dans l'ascenseur et d'avoir encore de la place. Il est trop grand pour tenir droit et s'adapte à peine sur le côté. Harry est obligé de le tenir pendant tout le trajet jusqu'à mon étage, mais je ne déteste pas la vue de ses biceps flexibles et de ses avant-bras forts.

Euh. Ouais.

"Merci beaucoup d'avoir fait cela, cela va faire une énorme différence."

"Pas de problème. J'ai eu le temps. »

J'acquiesce. "Tant que ce n'est pas un inconvénient."

"Pas du tout." Il me sourit, les dents droites et nacrées, me faisant un clin d'œil coquet, et j'aurais aimé avoir quelque chose dans les mains pour les occuper au lieu de vouloir les faire couler sur le devant de son t-shirt en coton doux.

Arrête ça, �󠀽�󠀽�󠀽�󠀽�󠀽�󠀽�󠀽. Vous n'allez pas sortir avec le préposé à l'entretien ! Vous voudriez cogner dans le placard à balais et ne parviendrez jamais à faire quoi que ce soit !

En plus, il n'a été que professionnel ; même si vous étiez célibataire – ce que vous êtes techniquement – une bombasse comme celle-ci ne demandera pas à la femme de sortir de la comptabilité.

J'imagine qu'il a un rendez-vous tous les soirs de la semaine.

Il n'est sur aucune application de rencontres, c'est sûr. Je l'aurais vu, alors peut-être qu'il est en couple. Ou marié.

Je baisse mon regard vers sa main gauche ; au quatrième doigt.

Pas d'alliance. Pas de ligne de bronzage. Aucun retrait.

Comme c'est pratique.

Peut-être qu'il ne le porte tout simplement pas, certains gars ne le portent pas. Surtout s'il aime scier et réparer des choses, cela ne le gênerait-il pas ?

Ce sont des médecins, des infirmières et des machinistes, crétin. Ce sont eux qui ne peuvent pas porter de bagues.

Nous retournons à mon bureau et peu de temps après, Harry installe l'échelle sous ma lampe torche, met l'interrupteur en position d'arrêt pour ne pas s'électrocuter et grimpe à mi-hauteur des échelons.

Quand ses bras passent au-dessus de sa tête et que l'ourlet de son tee-shirt remonte, portant un morceau de ventre, j'essaie de me tourner dans l'autre sens.

Essayez de vous concentrer sur la neige qui tombe devant ma fenêtre, l'étang gelé, le, euh.

Le... euh...

Nombril.

Merde, non !

Pas ça!

Steve, Steve, Steve.

Harry me regarde. "Peux-tu prendre ça quand je l'aurai dévissé ?"

« Foutu. J'ai compris." Merde. "Je veux dire, ouais, d'accord."

Oh mon Dieu, sors ton esprit du caniveau. Il vous reste encore beaucoup de travail et une date à laquelle vous préparer. Vous n'avez pas le temps d'avoir des pensées affectueuses à propos du mec de la maintenance.

Il me tend l'ampoule défectueuse et je lui tends la nouvelle.

Regardez-le s'insérer, en le secouant pour vous assurer qu'il est bien fixé.

"De quoi ça a l'air ?" demande-t-il avant de se retirer.

"Super", dis-je en regardant ses fesses.

Il ne me voit pas, bien sûr – ses yeux sont fixés sur la lumière, lui faisant un dernier test avant de descendre et d'actionner l'interrupteur sur le mur pour l'allumer.

La pièce s'illumine comme le 4 juillet, lumineuse et constante.

"Yay!" J'applaudis, incapable de m'arrêter. Il n'a aucune idée à quel point c'est un soulagement que les lumières ne dansent pas et ne court-circuitent pas, et que je puisse retourner au travail sans que la visière ne me protège le visage des stroboscopes.

"Merci!"

"Aucun problème." Son sourire crée un étrange battement dans ma poitrine. "Rien d'autre ?"

"Non, je vais bien."

D'un bout de casquette, Harry range l'échelle et s'en va. Pour la première fois depuis des semaines, je commence à travailler sans distractions. Ça fait du bien. Les rapports s'accumulent, les lapins se tortillent et il n'y a aucun scintillement provoquant une migraine au-dessus de ma tête.

Harry est un sauveur de vie. Je devrais obtenir son numéro réel afin de pouvoir lui envoyer un SMS directement la prochaine fois que cela se produira. Cela semblerait trop avancé, n'est-ce pas ? Il pourrait penser que je le drague alors que ce n'est pas le cas. Il n'y a absolument aucune attraction là-bas.

Aucun.

Non.

Rien du tout.

D'accord, il y a une certaine attirance.

Un tout petit peu.

On ne peut pas reprocher à une fille d'avoir des yeux et Harry est sexy dans un col bleu, n'a pas peur de se salir les mains, probablement le meilleur type de maniaque du genre.

Non, Félicité. Non.

Non non Non.

Je ne commencerai pas à convoiter Harry. J'ai un rendez-vous avec Steve ce soir.

Steve, Steve, Steve.

Mais Harry...

Harry, dont la voix basse de baryton est ce dont sont faits les films Hallmark. Avec une large poitrine et une fossette au menton, et une ombre de cinq heures. Un rire profond et facile.

Il me trouve drôle. Je m'en fichais du fait que je bavardais sur la famille royale britannique comme un cinglé.

Harry, qui est grand et drôle et qui sent le rêve. D'accord, il sent la viande cuite, mais je pense qu'il venait probablement de déjeuner. Ce n'est pas sa faute si les oignons ont un effet néfaste sur lui.

Mes hormones peuvent l'ignorer.

Bien que hhh... Steve pourrait très bien être un poisson-chat ou un tueur en série alors qu'Harry est évidemment réel et a été examiné par les RH.

ARRÊTE, Félicité. Donnez une chance à Steve avant de quitter le navire et de sauter sur Harry.

Et avant de faire l'une ou l'autre de ces choses, terminez ce rapport.

Vous êtes ici pour travailler, pas pour trouver un petit ami !

Je remonte mes lunettes sur mon nez et continue de croiser les chiffres, faisant un travail rapide au fur et à mesure. C'est incroyable ce qu'un peu d'éclairage sans distraction peut faire pour ma productivité. Dommage que les radiateurs semblaient avoir redémarré.

En me penchant, je mets toute ma matière grise dans ce rapport tout en tirant pour ouvrir le tiroir du bas de mon bureau.

Je tire. Je le secoue.

Je soulève.

Ce foutu truc est toujours coincé !

"Ugh," je grogne alors qu'il cède enfin, en me renfrognant. « Êtes-vous de mèche avec la machine à tampons dans les toilettes ? Je jure que ça colle comme ça. N'est-ce pas un risque médical ou quelque chose du genre ? Je devrais probablement rappeler Skeeter.

Je prends la couverture que j'ai stockée depuis des jours comme aujourd'hui et enroule l'imprimé zèbre autour de mes épaules. Mon bureau bénéficie d'une température idéale pendant les mois d'été, mais à cette période de l'année, c'est comme si le chauffage ne fonctionnait plus.

Suffisamment emmitouflé, je bois une petite gorgée de mon lait.

"Ahh." Délicieux.

Ouais. Encore glacé. L'hiver va être long si ce bureau est une telle glacière qu'il garde les boissons au frais, mais bon. J'ai résolu le problème le plus urgent aujourd'hui. J'appelle ça une victoire.

"Toc Toc."

En parlant de gagner...

C'est Harry, qui colle son beau visage souriant dans mon bureau.

"Bonjour, étranger."

Oh mon Dieu. Est-ce que je viens de dire ça, d'une voix ridicule et séduisante ? Sérieusement, est-ce que je n'interagis jamais avec les gens ou est-ce que c'est seulement avec les gens sexy qui m'attirent que j'ai du mal ?

Pourquoi ne puis-je pas être branché ?

S'il remarque que je suis maladroit, il l'ignore et reste là à me sourire, appuyé contre le montant de la porte, comme le font les hommes lorsqu'ils veulent être à la fois détendus et sexy. Tout ce qui lui manque, c'est une chemise en flanelle à carreaux, retroussée jusqu'aux coudes et un bronzage dû au travail à l'extérieur.

Mais détendu et sexy ? Il est définitivement les deux.

« Comment fonctionne la nouvelle ampoule pour vous ? »

Fantastiquement. "Je dois admettre qu'il est beaucoup plus facile de réaliser ce rapport de fin d'année lorsqu'il n'y a pas de clignotement constant qui se reflète sur mon écran."

"Bien. C'est le réveillon du Nouvel An. » La fossette apparaît au niveau de son menton. "Je suis sûr que vous avez de grands projets que vous ne voulez pas manquer."

Je hausse un sourcil vers lui et nos regards se croisent. Est-ce qu'il... cherche des informations sur moi ? Dois-je lui dire que je suis seule et célibataire ? Steve ne compte pas, nous ne nous sommes même pas encore rencontrés.

Pourtant, la culpabilité me pique l'estomac jusqu'à ce que la vérité éclate. « En fait, j'ai des projets. Raison de plus pour que j'apprécie que vous m'ayez aidé. Je suis sûr que vous avez également de grands projets pour la soirée.

Bien. La majeure partie de la vérité éclate.

Harry acquiesce. "Je fais. J'attendais ce soir avec impatience depuis quelques semaines maintenant.

Un étrange pincement de jalousie me surprend de nulle part. Il ne fait aucun doute dans mon esprit que cet homme super séduisant a un rendez-vous, probablement avec quelqu'un d'aussi attirant, car c'est ce que font les jolies personnes. Pouah. Avec qui passe-t-il ce soir ?

Est-elle jolie?

Est-elle sa seule et unique ? Sont-ils amoureux ?

Ce sont des pensées que je ne devrais pas avoir ; il n'y a pas une seule raison de les avoir. Je vais à un rendez-vous avec Steve. Je m'intéresse à Steve. Alors pourquoi ai-je l'impression qu'il existe un lien étrange et fort avec Harry ?

"Eh bien, ne me laisse pas te garder. Je suis sûr que tu dois être en route, changer et tout ça. Je donne une fois de plus à son jean et à sa tenue décousue et tachée de sueur.

Non pas que je le jetterais hors du lit, mais l'homme a besoin d'une douche.

Au lieu de partir, il penche la tête et m'étudie en retour.

"Pourquoi es-tu emmitouflé comme si tu étais dans une tempête de neige ?"

La question me prend au dépourvu.

Pour un préposé à l'entretien qui a probablement une liste de choses à faire avant son rendez-vous sexy, il s'intéresse certainement à mon bien-être.

« Je ne pense pas que l'unité de chauffage souffle assez fort pour atteindre jusqu'ici. Il fait froid pendant les mois d'hiver. Je frissonne. "C'est comme ça que les lapins se sont retrouvés ici."

Je remue mes pieds dans sa direction et ses lèvres se penchent sur le côté. Se repoussant du mur, il se dirige vers mon bureau et lève les yeux, se tenant si près de moi que je peux le sentir, les mains sur les hanches.

Il sent la friture et le musc avec une légère teinte de sueur. Bizarrement, ce n'est pas une odeur désagréable. Cela me donne en quelque sorte envie de grimper sur lui comme à un arbre et de voir à quel point ces mains peuvent être rudes.

Fille à terre. Vous vous souvenez de Steve du Nouvel An ?

Mais Harry est tellement gentil. Et chaud. Mais surtout sympa.

Et il est ici, dans mon bureau, alors que Steve... n'est encore qu'une idée de mon homme parfait.

Je soupire. N'est-ce pas toujours ainsi que ça se passe. Dating Land est dans une grave sécheresse et tout à coup, il ne pleut plus seulement des hommes chauds, il pleut à verse.

Juste ma chance.

L'amour arrive quand on s'y attend le moins, quand on ne le regarde pas. Je suis presque sûr que quelqu'un de sage m'a dit ça un jour, ou peut-être que c'était une nounou d'un des films Lifetime qu'ils jouent à Noël.

Avant que je puisse réfléchir davantage, Harry fixe les carreaux du plafond en émettant des « hmm » au fond de sa gorge puis en me regardant, les yeux bleus brillant d'amusement. Je ne suis pas sûr de ce qu'il trouve de si amusant à propos de ma mort de froid, mais voilà.

"Je pense que je viens peut-être de résoudre ton problème de chauffage."

Cela m'intéresse et je me ranime.

Il montre la bouche d'aération à côté du mur. "Regarde ça? On dirait que c'est fermé. Tout ce que nous avons à faire est de tourner ce bouton qui tourne pour l'ouvrir et vous serez bien au chaud ici.

Ai-je mentionné qu'Harry est non seulement gentil, mais clairement aussi un génie ? Où était-il toute ma vie !? Chaque hiver, je me gèle ici, et pas une seule fois personne n'a dit un mot sur la fermeture de ma foutue ventilation !

Je veux me remonter le temps jusqu'à trois dimanches après Noël.

"C'est ça?" Mes yeux sont probablement en train de sortir. « Juste cette solution rapide pour éviter que mon rasage habituel ne soit gaspillé ? »

"Hein?"

Son visage se crispe à la mention de ma blague No Shave de novembre à janvier, et je ne suis pas sur le point d'expliquer que les poils sur mes jambes ajoutent une autre couche de chaleur.

Je lui fais signe de partir avec un rire forcé. "Rien. Oubliez que je l'ai mentionné. La dernière chose que vous voulez probablement, ce sont des visuels inappropriés sur l'état de mes jambes.

J'en étends un, l'étends et il surveille chacun de mes mouvements.

À moins que je lise mal les choses, je jure que les narines d'Harry se sont dilatées de désir. Soudain, je suis content du snafu du texte concernant les couilles de Steve. De toute évidence, il y a une démangeaison que je dois gratter si je me présente comme une telle boule de corne ces jours-ci.

"Quoi qu'il en soit, as-tu le temps de réparer la ventilation avant de partir ?"

«Je dois juste retourner récupérer l'échelle. Cela ne prendra qu'une seconde.

Il tourne les talons et sort du bureau, ma tête penchée et suivant le mouvement de ses fesses avant que je puisse m'arrêter.

NON!

La culpabilité me frappe une fois de plus et je prends mon téléphone pour obtenir de l'aide, tirant rapidement sur la seule personne qui peut s'identifier à Inner Office Romance - non pas que ce soit ce qui se passe, mais cela ne fait jamais de mal d'étoffer un potentiel.

Moi : Mayday ! Au secours! Harry, le technicien d'entretien, est super sexy et j'ai envie de le lécher !

Fille à terre. Vous vous souvenez de Steve du Nouvel An ?

Mais Harry est tellement gentil. Et chaud. Mais surtout sympa.

Et il est ici, dans mon bureau, alors que Steve... n'est encore qu'une idée de mon homme parfait.

Je soupire. N'est-ce pas toujours ainsi que ça se passe. Dating Land est dans une grave sécheresse et tout à coup, il ne pleut plus seulement des hommes chauds, il pleut à verse.

Juste ma chance.

L'amour arrive quand on s'y attend le moins, quand on ne le regarde pas. Je suis presque sûr que quelqu'un de sage m'a dit ça un jour, ou peut-être que c'était une nounou d'un des films Lifetime qu'ils jouent à Noël.

Avant que je puisse réfléchir davantage, Harry fixe les carreaux du plafond en émettant des « hmm » au fond de sa gorge puis en me regardant, les yeux bleus brillant d'amusement. Je ne suis pas sûr de ce qu'il trouve de si amusant à propos de ma mort de froid, mais voilà.

"Je pense que je viens peut-être de résoudre ton problème de chauffage."

Cela m'intéresse et je me ranime.

Il montre la bouche d'aération à côté du mur. "Regarde ça? On dirait que c'est fermé. Tout ce que nous avons à faire est de tourner ce bouton qui tourne pour l'ouvrir et vous serez bien au chaud ici.

Ai-je mentionné qu'Harry est non seulement gentil, mais clairement aussi un génie ? Où était-il toute ma vie !? Chaque hiver, je me gèle ici, et pas une seule fois personne n'a dit un mot sur la fermeture de ma foutue ventilation !

Je veux me remonter le temps jusqu'à trois dimanches après Noël.

"C'est ça?" Mes yeux sont probablement en train de sortir. « Juste cette solution rapide pour éviter que mon rasage habituel ne soit gaspillé ? »

"Hein?"

Son visage se crispe à la mention de ma blague No Shave de novembre à janvier, et je ne suis pas sur le point d'expliquer que les poils sur mes jambes ajoutent une autre couche de chaleur.

Je lui fais signe de partir avec un rire forcé. "Rien. Oubliez que je l'ai mentionné. La dernière chose que vous voulez probablement, ce sont des visuels inappropriés sur l'état de mes jambes.

J'en étends un, l'étends et il surveille chacun de mes mouvements.

À moins que je lise mal les choses, je jure que les narines d'Harry se sont dilatées de désir. Soudain, je suis content du snafu du texte concernant les couilles de Steve. De toute évidence, il y a une démangeaison que je dois gratter si je me présente comme une telle boule de corne ces jours-ci.

"Quoi qu'il en soit, as-tu le temps de réparer la ventilation avant de partir ?"

«Je dois juste retourner récupérer l'échelle. Cela ne prendra qu'une seconde.

Il tourne les talons et sort du bureau, ma tête penchée et suivant le mouvement de ses fesses avant que je puisse m'arrêter.

NON!

La culpabilité me frappe une fois de plus et je prends mon téléphone pour obtenir de l'aide, tirant rapidement sur la seule personne qui peut s'identifier à Inner Office Romance - non pas que ce soit ce qui se passe, mais cela ne fait jamais de mal d'étoffer un potentiel.

Moi : Mayday ! Au secours! Harry, le technicien d'entretien, est super sexy et j'ai envie de le lécher !

Waouh. Je sors de la porte en force, ◇◇◇◇◇◇◇. Meg va penser que tu es un fou.

Meg : Qui ?

Moi : Je suis allé chercher Skeeter, de la maintenance, et j'ai trouvé un des autres gars de son équipe pour m'aider moi et LORD, il répare les choses et sent le mâle et me distrait et maintenant je suis confus.

Meg : Je n'ai jamais entendu parler de Harry. Tu es sûr que c'est son nom ?

Moi : Positif. Peut-être qu'il est nouveau. Mais qui s'en soucie ? Il est super sexy et ça me fait culpabiliser et comment peux-tu savoir quel est le nom des gardiens ? À quelle fréquence avez-vous besoin d'un entretien ?

Meg : Très bien. Mais je devine...

Meg : ... Je ne comprends pas le problème. Un nouveau gars de la maintenance répare les choses... et il est meilleur à regarder et à sentir que Old Man Skeeter ??? Je ne vois pas quel est le problème ici.

Moi : Le PROBLEME c'est que j'ai un PREMIER rendez-vous ce soir avec Steve. Steve ! Et maintenant, je me sens coupable d'avoir souhaité être libre ce soir pour pouvoir rencontrer l'homme de maintenance super sexy.

Meg : Alors... tu te plains d'avoir deux prospects ?

Il pleut des hommes.

Je suppose qu'elle ne pourrait pas voir cela comme un problème puisqu'elle n'est plus célibataire et prête à se mêler comme je l'ai été l'année dernière. Elle veut toujours que je joue sur le terrain, que je ne m'installe pas et que j'attende « The One ».

Moi : (soupir dramatique) Pouvez-vous simplement me donner quelques mots d'encouragement pour que je puisse rester concentré sur ma tâche ? Dites quelque chose comme : un homme à la fois, ��������. Un. Homme.

Meg : Désolé. Bien sûr.

Meg : Bien que... En réalité, vous n'avez jamais rencontré Steve, donc il pourrait vous pêcher au chat et en réalité vous avez un rendez-vous avec un homme de 85 ans nommé Melvin.

Moi : Cela n'aide pas. Tu es censé m'encourager à sortir avec Steve du Nouvel An, l'homme avec qui je flirte depuis des semaines. Cela ne me décourage pas.

Meg : Ah. Désolé. Laisse-moi réessayer.

Cela devrait être bien.

Meg : Harry travaille à la maintenance. Il y a probablement des araignées dans ses cheveux à cause de toutes ces toiles d'araignées dans le sous-sol.

Moi : J'ai des toiles d'araignées dans MON sous-sol (si vous comprenez ce que je veux dire), donc je ne peux vraiment pas le juger pour ça.

Meg : Tu es TELLEMENT GROS parfois !

Moi : Hé, tout n'est pas que du soleil et des roses en comptabilité, nous ne pouvons pas tous nous promener avec des pulls de vacances moches et des collants de Père Noël et quand même attraper un célibataire éligible.

Meg : Mes pulls ne sont PAS LAIDS. Reprenez ça !!!

Moi : Désolé, désolé. Revenons en arrière et parlons encore de moi. Je sais que c'est égoïste mais j'ai un rendez-vous ce soir et j'ai tous ces sentiments à propos d'Harry...

Meg : Vous réfléchissez TROP à cela. Harry vous a-t-il demandé votre numéro ? Non. Vous a-t-il demandé un rendez-vous ? Non. Donc ce que tu dois faire, c'est sortir avec Steve ce soir, t'amuser, te détendre, être insouciant. J'espère qu'il vous fera rire.

Moi : Il me fait rire dans nos messages. Je pense que j'ai vraiment construit cela dans ma tête, donc rencontrer Harry m'a fait perdre mon jeu.

Meg : Ton JEU ??? OH MON DIEU. Arrêtez ça maintenant, vous n'avez pas de jeu. Votre grand projet est de demander à un homme de changer votre ampoule, CE QUI D'ailleurs, vous auriez pu le faire vous-même.

Moi : D'accord mais je n'avais pas de clé pour la salle des fournitures et même avec une échelle je suis un peu petit, donc techniquement je n'aurais pas pu...

Meg : LE POINT EST : Arrêtez de trop réfléchir. Amusez-vous. Et pour l'amour de Dieu, n'oubliez PAS de me faire un rapport demain matin. Je garderai mon téléphone près du lit au cas où vous feriez la marche de la honte à l'aube et que vous auriez besoin d'un soutien moral.

Moi : Je ne l'ai jamais fait – et je ne le ferai jamais ! — faites la marche de la honte !

Meg : Appelle-moi demain matin.

Meg : Et ne te fais pas assassiner.

Je lève les yeux au ciel, jetant le téléphone sur mon bureau en fronçant les sourcils. Trop réfléchir? Ouais, elle a raison, je fais probablement ça – mais je déteste admettre quand elle a raison.

Je dois me concentrer.

Je suis si près d'avoir fini que je peux presque goûter les délicieux apéritifs que je vais manger ce soir au dîner.

Ce dont j'ai donc besoin, c'est de ne plus penser à Harry – que j'ai à peine rencontré – et de recentrer mon énergie sur l'homme que je rêve de rencontrer depuis des semaines.

Semaines !

Nous entrions sur le territoire des correspondants - c'est un terme de rencontre en ligne désignant lorsque deux personnes envoient un message aussi longtemps sans réellement planifier d'aller à un rendez-vous réel, vous devenez correspondants. Lettres aller et retour, pas d'interaction en temps réel. Pas de chats vidéo, pas d'appels téléphoniques.

Honnêtement, j'étais à quelques jours de lui dire : « Steve, ça a été merveilleux mais il semble que tout ce que tu veux faire, c'est envoyer des messages et ne pas se rencontrer en personne. Puis, et voilà, il m'a invité à être son rendez-vous pour le Nouvel An.

Cela devrait être bien.

Meg : Harry travaille à la maintenance. Il y a probablement des araignées dans ses cheveux à cause de toutes ces toiles d'araignées dans le sous-sol.

Moi : J'ai des toiles d'araignées dans MON sous-sol (si vous comprenez ce que je veux dire), donc je ne peux vraiment pas le juger pour ça.

Meg : Tu es TELLEMENT GROS parfois !

Moi : Hé, tout n'est pas que du soleil et des roses en comptabilité, nous ne pouvons pas tous nous promener avec des pulls de vacances moches et des collants de Père Noël et quand même attraper un célibataire éligible.

Meg : Mes pulls ne sont PAS LAIDS. Reprenez ça !!!

Moi : Désolé, désolé. Revenons en arrière et parlons encore de moi. Je sais que c'est égoïste mais j'ai un rendez-vous ce soir et j'ai tous ces sentiments à propos d'Harry...

Meg : Vous réfléchissez TROP à cela. Harry vous a-t-il demandé votre numéro ? Non. Vous a-t-il demandé un rendez-vous ? Non. Donc ce que tu dois faire, c'est sortir avec Steve ce soir, t'amuser, te détendre, être insouciant. J'espère qu'il vous fera rire.

Moi : Il me fait rire dans nos messages. Je pense que j'ai vraiment construit cela dans ma tête, donc rencontrer Harry m'a fait perdre mon jeu.

Meg : Ton JEU ??? OH MON DIEU. Arrêtez ça maintenant, vous n'avez pas de jeu. Votre grand projet est de demander à un homme de changer votre ampoule, CE QUI D'ailleurs, vous auriez pu le faire vous-même.

Moi : D'accord mais je n'avais pas de clé pour la salle des fournitures et même avec une échelle je suis un peu petit, donc techniquement je n'aurais pas pu...

Meg : LE POINT EST : Arrêtez de trop réfléchir. Amusez-vous. Et pour l'amour de Dieu, n'oubliez PAS de me faire un rapport demain matin. Je garderai mon téléphone près du lit au cas où vous feriez la marche de la honte à l'aube et que vous auriez besoin d'un soutien moral.

Moi : Je ne l'ai jamais fait – et je ne le ferai jamais ! — faites la marche de la honte !

Meg : Appelle-moi demain matin.

Meg : Et ne te fais pas assassiner.

Je lève les yeux au ciel, jetant le téléphone sur mon bureau en fronçant les sourcils. Trop réfléchir? Ouais, elle a raison, je fais probablement ça – mais je déteste admettre quand elle a raison.

Je dois me concentrer.

Je suis si près d'avoir fini que je peux presque goûter les délicieux apéritifs que je vais manger ce soir au dîner.

Ce dont j'ai donc besoin, c'est de ne plus penser à Harry – que j'ai à peine rencontré – et de recentrer mon énergie sur l'homme que je rêve de rencontrer depuis des semaines.

Semaines!

Nous entrions sur le territoire des correspondants - c'est un terme de rencontre en ligne désignant lorsque deux personnes envoient un message aussi longtemps sans réellement planifier d'aller à un rendez-vous réel, vous devenez correspondants. Lettres aller et retour, pas d'interaction en temps réel. Pas de chats vidéo, pas d'appels téléphoniques.

Honnêtement, j'étais à quelques jours de lui dire : « Steve, ça a été merveilleux mais il semble que tout ce que tu veux faire, c'est envoyer des messages et ne pas se rencontrer en personne. Puis, et voilà, il m'a invité à être son rendez-vous pour le Nouvel An.

En m'installant dans mon fauteuil, je suis agréablement surpris lorsque je regarde mon horloge quelques minutes plus tard pour constater qu'en fait, une bonne heure s'est écoulée et je suis sur le point de tout finaliser.

Mais pourquoi met-il si longtemps à Harry pour revenir avec cette échelle ?

Comme si mes pensées l'avaient convoqué, il apparaît au bon moment, portant l'échelle comme si elle ne pesait presque rien. Bon Dieu, la manche de sa chemise lui fait encore mal au biceps.

N'y a-t-il rien de mal avec cet homme ?

Soupir.

"Désolé d'avoir pris autant de temps", dit-il avec un sourire alors qu'il pose doucement l'échelle sur le sol et l'ouvre. Je recule sur ma chaise et je m'écarte de son chemin. "Je me suis laissé distraire en réparant cette machine à tampons dans les toilettes des femmes - celle dont je t'ai entendu te plaindre auparavant..."

Oops.

« Il s'avère que quelqu'un y avait fourré un jeton de boisson provenant d'un casino ; je suppose qu'ils espéraient un gros gain. Il rit de sa blague ringarde. "Heureusement, je n'avais pas remis ça dans le placard à fournitures." Il tapote le côté de l'échelle avant de la gravir.

Et maintenant, il est attentionné aussi ? Comment se fait-il qu'un homme comme Harry ne soit pas sur LoveSwept ? Il fait probablement partie de ces personnes odieuses et géniales qui préfèrent nouer des relations dans la vraie vie plutôt que de se laisser entraîner en ligne. Pourrait-il être plus parfait ?

Quoi qu'il en soit, en un rien de temps, je sens de l'air chaud flotter sur mon bureau.

"Putain de merde, tu l'as fait!" Avec la façon dont je crie de plaisir, on pourrait penser que je n'ai jamais ressenti de chaleur intérieure auparavant, mes cheveux soufflant doucement dans la brise nouvelle. Ahhh...

Harry replace rapidement le couvercle de la grille d'aération et descend. Il claque des doigts. « Solution facile. N'oubliez pas que s'il fait trop froid en été, il vous suffira d'appeler et de le faire fermer à nouveau. C'est à cela que sert la maintenance.

«Quand je peux joindre quelqu'un», je grogne.

"Ca c'était quoi?"

«Rien», dis-je rapidement. Je ne veux pas contester le temps qu'il a fallu pour y parvenir. Aucune raison pour que ce bombasse prenne la responsabilité des échecs de son patron.

En repliant ma couverture, je tends la main pour ouvrir le tiroir, mais il ne bouge pas.

Coup sec. Remorqueur.

En grommelant, je tire une seconde fois, cette fois la chaise et moi bougeons plus qu'elle ne le fait.

Je laisse tomber ma tête sur la chaise avec exaspération, épuisé physiquement ; Je ne peux pas faire de pause.

Derrière moi, un rire profond et sexy me fait frissonner. "Besoin que je répare ça aussi?"

"Cela vous dérangerait?" Je supplie, essayant de garder l'exaspération hors de ma voix. Ce n'est pas sa faute si tout l'immeuble de bureaux s'effondre autour de moi. À bien y penser, c'est peut-être pour ça que Victoria m'a assigné ce poste. Cela ne faisait pas partie de la promotion – c'était une récompense pour avoir obtenu cette journée de récompense supplémentaire chaque année.

Petite coquine sournoise.

"Ça ne me dérange pas du tout." La voix d'Harry fait picoter mes parties féminines mais je me frotte rapidement les bras, comme si mon corps se réadaptait à l'air chaud.

Il jette un coup d'œil par-dessus mon épaule à l'écran de l'ordinateur lorsque je remets ma chaise en place, gloussant de la langue. «Je vais juste rendre cette échelle et prendre du WD-40. On dirait que vous aurez juste assez de temps pour faire des références et terminer cette dernière acquisition.

Ma mâchoire tombe. « Vous connaissez les acquisitions et le reporting ? »

Il me fait le sourire le plus sexy que je pense avoir jamais vu. Steve ferait mieux d'apporter son A game sur le charme ce soir parce qu'Harry, le préposé à l'entretien, fait un sacré bon travail en me faisant tout oublier de lui.

"Je sais beaucoup de choses sur beaucoup de choses."

Oh? Dis m'en plus...

"Alors pourquoi tu travailles dans la maintenance ?" Je sais que la question semble grossière, mais je suis vraiment curieux.

Il fait une brève pause, mesurant sa réponse soigneusement formulée. «J'aime juste m'assurer que les choses se passent bien ici.»

Je penche la tête pendant que j'absorbe ses paroles, mais l'alarme de mon téléphone se déclenche, me rappelant qu'il me reste deux heures avant de devoir sortir d'ici ou je serai en retard. Revenant à mon ordinateur, je retourne à mon bureau. "Bien merci. Je l'apprécie tellement.

Harry répond par un hochement de tête et reprend l'échelle sans effort. "Vraiment, ça a été mon plaisir, ◇◇́◇◇◇◇◇◇́."

Le feu dans ses yeux avant qu'il ne se retourne et ne parte me donne chaud. Tous. Sur.

Pour la première fois depuis que je travaille ici, je me retrouve à m'éventer le visage pour me rafraîchir en hiver. Et je dois remercier Harry pour ça. À plus d'un titre.6HarrisonCe que j'ai appris sur ◇◇́◇◇◇◇◇́ depuis que je l'ai rencontrée sur l'application de rencontres LoveSwept :

Elle cherche quelque chose à long terme

Deux frères aînés

Parents toujours mariés

Sa meilleure amie travaille dans la même entreprise, dont je sais maintenant qu'elle est la mienne, alors je me demande qui pourrait être cette amie.

Elle adore les stands de hot-dogs et la nourriture du carnaval.

Yeux verts. Cheveux bruns. Sourire éclatant. Des choses que j'ai apprises sur ◇◇́◇◇◇◇◇́ depuis qu'elle m'a trouvé à la banque des ascenseurs, pensant que j'étais le préposé à l'entretien, et m'a traîné jusqu'à son bureau pour réparer la merde :

Elle est petite et ressemble à un lutin.

Elle a des pantoufles de lapin et un rire coquette.

Sa voix me fait bander.

En repliant ma couverture, je tends la main pour ouvrir le tiroir, mais il ne bouge pas.

Coup sec. Remorqueur.

En grommelant, je tire une seconde fois, cette fois la chaise et moi bougeons plus qu'elle ne le fait.

Je laisse tomber ma tête sur la chaise avec exaspération, épuisé physiquement ; Je ne peux pas faire de pause.

Derrière moi, un rire profond et sexy me fait frissonner. "Besoin que je répare ça aussi ?"

"Cela vous dérangerait ?" Je supplie, essayant de garder l'exaspération hors de ma voix. Ce n'est pas sa faute si tout l'immeuble de bureaux s'effondre autour de moi. À bien y penser, c'est peut-être pour ça que Victoria m'a assigné ce poste. Cela ne faisait pas partie de la promotion – c'était une récompense pour avoir obtenu cette journée de récompense supplémentaire chaque année.

Petite coquine sournoise.

"Ça ne me dérange pas du tout." La voix d'Harry fait picoter mes parties féminines mais je me frotte rapidement les bras, comme si mon corps se réadaptait à l'air chaud.

Il jette un coup d'œil par-dessus mon épaule à l'écran de l'ordinateur lorsque je remets ma chaise en place, gloussant de la langue. «Je vais juste rendre cette échelle et prendre du WD-40. On dirait que vous aurez juste assez de temps pour faire des références et terminer cette dernière acquisition.

Ma mâchoire tombe. « Vous connaissez les acquisitions et le reporting ? »

Il me fait le sourire le plus sexy que je pense avoir jamais vu. Steve ferait mieux d'apporter son A game sur le charme ce soir parce qu'Harry, le préposé à l'entretien, fait un sacré bon travail en me faisant tout oublier de lui.

"Je sais beaucoup de choses sur beaucoup de choses."

Oh ? Dis m'en plus...

"Alors pourquoi tu travailles dans la maintenance ?" Je sais que la question semble grossière, mais je suis vraiment curieux.

Il fait une brève pause, mesurant sa réponse soigneusement formulée. «J'aime juste m'assurer que les choses se passent bien ici.»

Je penche la tête pendant que j'absorbe ses paroles, mais l'alarme de mon téléphone se déclenche, me rappelant qu'il me reste deux heures avant de devoir sortir d'ici ou je serai en retard. Revenant à mon ordinateur, je retourne à mon bureau. "Bien merci. Je l'apprécie tellement.

Harry répond par un hochement de tête et reprend l'échelle sans effort. "Vraiment, ça a été mon plaisir, �������."

Le feu dans ses yeux avant qu'il ne se retourne et ne parte me donne chaud. Tous. Sur.

Pour la première fois depuis que je travaille ici, je me retrouve à m'éventer le visage pour me rafraîchir en hiver. Et je dois remercier Harry pour ça. À plus d'un titre.6HarrisonCe que j'ai appris sur ������� depuis que je l'ai rencontrée sur l'application de rencontres LoveSwept :

Elle cherche quelque chose à long terme

Deux frères aînés

Parents toujours mariés

Sa meilleure amie travaille dans la même entreprise, dont je sais maintenant qu'elle est la mienne, alors je me demande qui pourrait être cette amie.

Elle adore les stands de hot-dogs et la nourriture du carnaval.

Yeux verts. Cheveux bruns. Sourire éclatant. Des choses que j'ai apprises sur ������� depuis qu'elle m'a trouvé à la banque des ascenseurs, pensant que j'étais le préposé à l'entretien, et m'a traîné jusqu'à son bureau pour réparer la merde :

Elle est petite et ressemble à un lutin.

Elle a des pantoufles de lapin et un rire coquette.

Sa voix me fait bander.

Ses cheveux ressemblent à du satin et j'ai envie d'y passer mes doigts.

Elle garde sur son bureau des photos de son voyage à Londres, du chat Fiskers, et une petite photo d'une carte du monde qui dit : "Tous ceux qui errent ne sont pas perdus".

Elle sent la fraise et l'air frais. Je deviens poétique en rentrant à mon bureau, le bureau étant désormais un véritable terrain vague. C'est le début de l'après-midi et je suis terriblement en retard, la moitié des choses que je devais accomplir étant encore inachevées.

La Coupe de cheveux.

Raser.

Douche.

De plus, malgré ce que Steve a dit à ◇◇◇◇◇◇◇◇, je n'ai toujours pas fait de réservation pour ce soir et je gémis, sachant que trouver quelque chose à cette heure sera presque impossible, malgré qui je suis.

Demander une faveur serait une chose merdique à faire à ce stade du jeu, même pour une fille comme ◇◇◇◇◇◇◇◇.

Je me laisse tomber sur ma chaise de bureau, m'accordant juste quelques minutes de répit, en envoyant un message à mon styliste pour lui faire savoir que je suis en retard.

Il est cool avec ça et j'ai poussé un soupir.

En allumant mon ordinateur, je tape « Options de date de dernière minute pour les vacances » dans la barre de recherche, en appuyant sur ENTRÉE.

Des listes apparaissent et je clique sur le premier lien – un catalogue détaillé d'idées de rencontres commençant par « commander des plats à emporter et organiser un pique-nique à l'intérieur aux chandelles ».

Non, trop intime.

Trouvez un affichage de lumières de Noël local.

Non, trop froid.

Dansant ? Cela pourrait fonctionner, mais je ne suis pas allé dans une boîte de nuit depuis des lustres – et si j'en trouve une et que ça craint ?

Patinage sur glace dans le parc. Meh.

Faire une couronne ? Gag.

Une promenade en calèche, des chants de Noël, aller à la librairie et choisir un livre l'un pour l'autre ? C'est quoi ce bordel.

Je suis foutu.

"J'ai entendu dire que tu rôdais dans les environs." Une voix rauque me fait peur depuis l'embrasure de la porte, et je saute sur ma chaise, me tordant le corps pour voir nulle autre que Shelia, avec ses cheveux gris et ses yeux perçants qui me jugent.

"Hé. Ouais, je voulais venir aujourd'hui une dernière fois avant le week-end.

"Et tu as décidé de porter ça ?"

Mon sourcil se lève. "Ne te retiens pas, Sheila, dis-moi ce que tu ressens vraiment."

"Tu n'es pas toujours célibataire ?" » veut-elle savoir, en allant de l'avant comme si elle ne venait pas d'insulter ma garde-robe. "Vous ne trouverez jamais une femme élégante habillée comme un ramoneur."

Jésus. "Tout d'abord, tu sais très bien que je ne porte pas cette merde tous les jours. Et deuxièmement, il n'y a presque plus personne ici.

Tout le monde a réussi le coup d'État. Je dois probablement consulter le manuel de notre entreprise car j'aurais juré qu'aujourd'hui était un jour de travail officiel. Maintenant, je n'en suis plus si sûr.

Ses lèvres sont pincées. «Non, ce n'est pas le cas. Vous, les enfants, et votre éthique de travail, ce n'est plus ce qu'elle était. De mon temps, nous ne nous contentions jamais de demi-journées et de nous promener en mangeant des bagels sur une serviette.

Sa voix forte et son regard pointu de faucon suivent Darren Powell alors qu'il se précipite, terrifié, un bagel dans une main et un café dans l'autre.

Je lève les yeux au ciel. « Pourriez-vous s'il vous plaît arrêter de faire peur aux gens ?

"Ce n'est pas amusant." Elle ne vient pas s'asseoir, mais elle ne s'en va pas non plus. "Je n'ai pas grand-chose d'autre à faire ici aujourd'hui, et si je rentre à la maison, je me tournerai les pouces jusqu'à ce qu'il soit temps de me préparer pour mon rendez-vous."

"Oh ouais?"

"Dwight m'emmène au Sky Bar."

Barre céleste ? Bon sang, même moi, je ne peux pas entrer dans cet endroit ! J'ai poussé un faible sifflement, impressionné. "Dang, Sheila, c'est impossible d'avoir une table là-bas." Je me demande si elle serait prête à me vendre sa réservation et combien il faudrait pour racheter Dwight.

"Kevin, le neveu de Dwight, est le sous-chef."

Mes sourcils se lèvent à nouveau. Sérieusement, c'est quoi ce bordel ?

"Et toi?" Elle veut savoir, mettant toujours son nez dans mes affaires. « Quel nouvel endroit ridiculement frou-frou montrez-vous ce soir ? »

Normalement, je ne lui dirais pas parce que la dernière chose dont j'ai besoin, ce sont des rumeurs qui tourbillonnent, lancées par la réceptionniste âgée, mais dans ce cas, quel est le mal ? De plus, j'aurais besoin de quelques conseils étant donné que je suis dans une impasse.

Pas de réservation signifie pas de date.

Ajoutons que je vis maintenant dans le mensonge, que je dois annoncer la nouvelle à mon rendez-vous, qui va réagir de deux manières :

Se sentir trahi

Riez-en et amusez-vous le reste de la nuit. Je parierai sur le fait que ◇◇◇◇◇◇◇ sera légère à ce sujet ; D'après ce que j'ai vu jusqu'à présent, cette femme est optimiste et pleine de gaieté sexy.

La joie des fêtes, très probablement.

"Où vas-tu ce soir avec ta bien-aimée?" Sheila veut savoir, s'installant à la porte, attendant.

"Eh bien, tu vois, c'est ça le problème..." je commence. "J'étais tellement occupé à passer les vacances et à m'assurer que les rapports étaient faits ici, et que les athlètes se blessent et que les agents se démènent que je..."

Je laisse ma voix s'éteindre et j'espère qu'elle pourra relier les points par elle-même ; remplissez le vide, foncez et résolvez mon dilemme, car si Sheila est une chose, c'est une réparatrice.

J'attends.

Sauf qu'elle ne parle pas.

"Bonjour?"

"C'est un problème avec toi", souffle-t-elle. "J'en ai marre que vous attendiez jusqu'à la dernière minute pour planifier des conneries parce que vous n'avez pas fait de votre femme une priorité."

"Ce n'est pas ce que je faisais!" D'accord, c'est probablement ce que je faisais – mais ce n'est pas comme si j'avais déjà rencontré ◇◇◇◇◇◇◇. Comment diable étais-je censé savoir qu'elle allait être aussi incroyable, magnifique et parfaite ?

Elle est comme le cadeau de Noël qui continue d'offrir.

"Sheila, s'il te plaît, aide-moi."

Sheila, la vieille sac, fait non de la tête.

"Je commence."

Son nez monte. "Ce n'est pas de la mendicité, cela me dit que tu mendie."

Bon point. "Et si je te donnais, à toi et à Dwight, des billets pour chaque match de baseball la saison prochaine. Est-ce qu'il aime le baseball ?

Elle renifle. "Eh."

"Que fait-il au juste ?" Je me surprends à demander.

"Il possède une entreprise de nettoyage à sec, je vous le ferai savoir, et lorsque les gens ne ramassent pas les choses, il a dit qu'il me laisserait trier les articles négligés." Le menton s'incline plus haut. "Nous parlons de designer." Elle souligne ce dernier mot avec hauteur.

"Alors ça veut dire qu'il n'aime pas le baseball, ou non..."

"Cela signifie qu'il peut se permettre ses propres billets." La réceptionniste fait une pause. "À moins que ce ne soit une suite box."

Oh mon Dieu, c'est de l'extorsion ! « Et une semaine de congés payés ? »

Là encore, j'essaie de la soudoyer.

"Je prends des vacances quand je veux."

Précis : elle va et vient à sa guise, sachant qu'elle ne va pas se faire virer, et j'ai le sentiment que l'argent n'est pas un problème. Il a dû y avoir une sorte de pension établie avec mon grand-père avant son décès. Cette femme s'en fout du misérable salaire que je lui verse.

J'inspire profondément. "Sheila, tu travailles dans cette entreprise depuis plus de trente ans et tu m'as vu grandir ici, et maintenant tu peux voir que ma vie amoureuse est en désordre."

Elle acquiesce.

"Je partage très peu de choses sur ma vie personnelle, mais je vais vous dire ceci : j'ai rencontré quelqu'un d'incroyable et si je ne me sors pas d'un rendez-vous pour ce soir, la merde va frapper le fan et elle va déteste-moi pour toujours.

Je laisse de côté la partie où j'ai donné un faux nom à ◇◇́◇◇◇◇◇◇́, j'ai fait semblant de ne pas la connaître quand nous nous sommes rencontrés, j'ai fait semblant d'être un concierge et je lui ai dit qu'il y avait un rendez-vous au bout de cette route sur laquelle nous sommes.

Un bon.

Un moment romantique pour célébrer la nouvelle année.

Elle ne m'embrassera pas quand la balle tombera si Sheila ne m'aide pas à réparer ça, c'est sûr : elle me giflera.

Non pas qu'elle semble être du genre violente.

"Vous savez ce qui serait sympa", dit finalement Sheila. « Avez-vous déjà vu ce film dans lequel le petit enfant joue le rôle d'entremetteur pour son père ?

Je regarde, désemparé.

« L'enfant appelle à une émission de radio pour parler de son père célibataire et de la façon dont il veut qu'il rencontre quelqu'un ? »

La réceptionniste me regarde maintenant, dégoûtée que je n'aie aucune idée de quel film elle parle. "Quoi qu'il en soit, le gamin finit par écrire cette lettre à cette femme nommée Annie et lui dit de rencontrer son père au sommet de l'Empire State Building le jour de la Saint-Valentin." Elle fait une pause. "Ou quelque chose comme ça, je ne sais pas, ça fait des années."

"Alors... tu veux que je retrouve mon rendez-vous au sommet de l'Empire State Building à plusieurs États de là ?" Mes yeux sortent pratiquement de mon crâne. Sheila est-elle folle ?

"Non, espèce d'idiot - le sommet de ce bâtiment." Elle sourit, frappée par un souvenir. «Une fois, j'ai demandé à un rendez-vous d'organiser un pique-nique en haut, mais c'était dans les années 90, lorsque les hommes faisaient plus d'efforts pour courtiser une fille. Certes, il voulait seulement entrer dans mon pantalon, mais c'était une nuit que je n'oublierai jamais. Comme Rose sur le Titanic.

Bon sang, je n'avais pas besoin qu'on me rappelle que Sheila est probablement encore là-bas à coucher avec des hommes, et je n'avais pas non plus besoin de savoir que notre terrasse sur le toit avait été profanée lorsque je jouais à cache-cache là-haut avec certains membres du conseil d'administration. ' enfants. Si je n'avais pas besoin de douche auparavant, je ressens le besoin de me frotter plus d'une fois. Qui sait ce que ces mains ont touché là-bas.

"Vous savez que Jack aurait pu monter sur ce radeau." Je ne peux m'empêcher de souligner une évidence, à son grand dam. "Il n'était pas obligé de mourir."

Elle n'est pas amusée. "Voulez-vous mon aide ou pas?"

"Oui."

« Alors décroche ce téléphone et appelle Timmy Wells. Il est le remplaçant de Skeeter lorsque ce vieux salaud oublie de se présenter au travail, et je suis presque sûr de l'avoir vu au dixième étage plus tôt lorsque je suis descendu manger un beignet.

"Est-ce qu'il vous arrive de vous asseoir à votre vrai bureau ?"

"Rarement." Elle jette un coup d'œil à mon téléphone.

« Que suis-je censé lui dire quand il répond ? »

"Dites-lui que vous avez besoin d'une faveur et que vous le paierez en espèces pour rester ce soir et ouvrir le toit, installer une table et deux chaises dehors, retirer quelques plantes en pot du hall du 15 et l'arbre en pot de onze heures. . Bonus s'il peut localiser quelques guirlandes lumineuses et quelques radiateurs.

Ma bouche s'ouvre. Bon Dieu, c'est comme si elle avait déjà fait ça. "Rien d'autre?"

"Cela devrait faire l'affaire." Je ne bouge pas assez vite et elle fait tournoyer sa main avec impatience dans les airs pour me faire avancer. « Et nous composons… et nous composons… »

Ouah. Elle est pire qu'un blaireau et deux fois plus pétrifiante. Je me demande ce qui se passerait si je ne suivais pas les instructions.

Je récupère le numéro de Timmy Wells dans l'annuaire et l'appelle plutôt que de lui envoyer un SMS – il décroche immédiatement.

"Ouais?"

"Salut, euh - Timmy." Pourquoi est-ce si étrange d'appeler un homme adulte Timmy ? "Voici Harrison McGinnis, au vingt-huitième étage..."

« Mon patron, Harrison McGinnis ? Il l'interrompt.

"Bien sûr." Je suis d'accord, inconfortablement. «Écoute Tim... mon Dieu. J'ai une faveur à vous demander et j'espère que vous pourrez m'accommoder.

Sheila me donne un coup de pouce encourageant.

"Je déteste vraiment te demander ça, surtout pendant ta soirée de congé, mais je suis prêt à te payer pour ton temps et tes efforts."

La ligne est silencieuse. Ensuite, "J'écoute."

«J'ai besoin de quelqu'un qui puisse m'emmener sur le toit ce soir pour un rendez-vous que j'essaie d'impressionner. Et j'ai besoin de certaines choses pour y parvenir, et d'un homme fiable pour m'aider. "Moi : T-moins cinq heures avant minuit.

◇◇◇◇◇◇◇ : Est-ce que ça veut aussi dire t-moins cinq heures avant Date Time ?

Moi : Si mes calculs sont corrects, ce n'est que quatre et demi...

◇◇◇◇◇◇◇ : Hé, je suis celle qui calcule les chiffres ici...

Moi : D'accord, d'accord, d'accord, en parlant de ça, comment s'est passé le reste de ta journée ? Tu as déjà fini ?

Félicité : OUI !!! **tourbillonne et virevolte sur une chaise de bureau** FAIT, j'ai fini mes rapports et je peux enfin me détacher de ce bureau ! Je suis sur le point de tout arrêter et de faire sauter ce stand de hot-dogs.

Moi : C'est une excellente nouvelle ! Alors c'était une bonne journée ?

Je lève les yeux au ciel parce que je connais déjà la réponse à cette question, et en posant la question, je continue de perpétuer le mensonge. Mais je la proxénète également pour obtenir des informations sur moi-même, en me demandant si elle va tout dire sur Harry – étant donné qu'il y avait définitivement des étincelles volant dans les deux sens.

Oh, elle l'a bien caché, mais ils étaient là.

Moi : J'ai eu de la chance aujourd'hui, j'ai eu un gars de maintenance qui m'a aidé avec quelques petites choses.

À l'évocation de moi, je me redresse.

Moi : Ah ouais ? Qu'a-t-il fait ??

Beaucoup trop de points d'interrogation, frérot.

Je supprime et commence un nouveau message.

Moi : OU ELLE — désolé. Vous aider ?

◇◇◇◇◇◇◇◇ : Mdr, c'était un homme. Et j'ai eu cette horrible situation avec la lumière au-dessus de mon bureau et il n'a pas seulement sauvé la situation, il a sauvé mon année entière. Littéralement.

Moi : MDR toute ton année ?!

Félicité : Oui ! Parce que j'aurais fini il y a des semaines si cette lumière ne m'avait pas dérangé la tête. Dès qu'il est arrivé et l'a réparé, j'ai commencé le travail. Cela m'a mis de très bonne humeur.

Ce qu'elle veut dire, c'est que HARRY l'a mise de si bonne humeur.

Je fronce les sourcils, lisant entre les lignes, étrangement jaloux puisque JE SUIS HARRY.

HARRY, C'EST MOI.

Moi : Tu as dit qu'il avait aidé avec quelques choses. Comme quoi d'autre ?

Félicité : Eh bien.... il a réparé un tiroir dans mon bureau, ouvert la bouche d'aération du chauffage au plafond et un distributeur automatique dans la salle de bain des femmes dont je me plaignais MDR.

Moi : Ils ont des distributeurs automatiques dans la salle de bain ?

◇◇◇◇◇◇◇◇ : C'était ma manière polie de dire « Machine à tampons »

Moi : OH ! On dirait qu'il cherchait des choses aléatoires à réparer pour pouvoir traîner...

Il lui faut quelques minutes pour répondre et j'imagine qu'elle cherche la bonne réponse.

◇◇◇◇◇◇◇◇ : Je ne peux pas parler pour lui, mais peut-être qu'il s'est attardé un peu plus longtemps qu'il n'aurait dû. Il n'était pas bizarre ou quoi que ce soit si vous êtes inquiet.

Bizarre est le cadet de mes soucis, car je sais que tu avais une alchimie avec ce gars.

Alias : MOI.

Moi : Tu es une belle femme, je suis sûr qu'il n'a pas pu s'en empêcher.

◇◇◇◇◇◇◇◇ : Hmm, peut-être. J'en doute.

Moi : Alors – changer de vitesse, très rapidement pour que vous puissiez bouger et rentrer à la maison ; J'ai une heure et un lieu pour vous. Prêt ?

◇◇◇◇◇◇◇◇ : Donne-le-moi.

Mes couilles se resserrent, l'esprit se dirige automatiquement vers le sexe, les seins et ses cheveux dans la paume de ma main.

Moi : Savez-vous où se trouve le bâtiment McGinnis sur Downer Avenue ?

◇◇◇◇◇◇◇◇ : Euh... je connais très bien ce bâtiment, pourquoi ?

Donc elle n'est pas prête à me dire que c'est là qu'elle travaille ? D'accord, j'ai compris. Assez juste.

Moi : A onze heures, il va y avoir un homme dans le hall, et il va t'emmener sur le toit... L'eau chaude me frappe quand je mets le feu à ma douche à six jets, prête pour le reste de la soirée - remercier Dieu pour Sheila (de tous les gens) et lancer un alléluia que j'ai un vrai plan pour ce soir.

Une fois que j'ai finalement fait comprendre à Sheila le problème lié à l'installation d'une balançoire sexuelle sur le toit en décembre, sans parler d'un premier rendez-vous avec un inconnu virtuel, les choses ont commencé à rouler et nos idées ont fait boule de neige dans ce qui sera, espérons-le, la première rencontre la plus romantique. ������� a déjà connu.

À ce moment précis, Timmy installe un magnifique décor sur le thème de l'hiver, avec le choix d'amuse-gueules de �������, compliments d'une autre connexion aléatoire de Sheila, des serviettes en tissu et une pièce maîtresse pleine de ses camélias d'hiver préférés dans diverses nuances de rose et de rouge.

.

Même si j'aurais probablement dû avouer à �������� dès le début qui je suis, l'avantage de m'infiltrer dans son bureau réside dans les notes mentales sur tous ses favoris que j'ai pu prendre en cachette. Sans qu'elle le sache, je faisais une reconnaissance de son espace personnel.

Son économiseur d'écran d'ordinateur ? Il y a la même fleur dessus que sur sa tasse au fromage – il est évident qu'elle adore la fleur d'hiver. Cela aide également que ma mère me fasse travailler dans le magasin de fleurs de ma tante chaque été jusqu'au lycée. Je ne les aurais probablement pas reconnus autrement.

Un rapide appel à ma tante et j'ai vidé tout son inventaire de Winter Camellia, ainsi que celui de certains de ses collègues locaux, mais pour le juste prix, cela ne semblait pas du tout être un inconvénient pour eux.

Plus il y en a, mieux c'est.

Sheila et moi étions d'accord sur ce point au moins.

Est-ce que tout cela est ringard ? Peut être.

Est-ce exagéré ? Peut-être.

Est-ce qu'elle va adorer ça ?

Absolument.

Et j'espère que cette vision compense les mensonges que je dois dénoncer, étant moi et non Steve, bien sûr.

Si tout se passe comme prévu, il n'y aura pas de meilleure vue que la ligne de mire directe que nous avons pour la toute première fois dans notre ville. Le bal du Nouvel An se déroulera à minuit.

Rapidement, je me branle sous la douche, dans l'espoir de me soulager d'une partie de la tension persistante dans mon corps, et peut-être de m'empêcher de bander si ◇◇◇◇◇◇◇ se présente dans une robe à bretelles. J'adore les épaules des femmes, mais faire éclater du bois n'est probablement pas la meilleure première impression à faire.

J'ai quelques aveux à faire avant d'essayer de passer au niveau supérieur.

Je suis peut-être aussi hormonal que le prochain, mais je ne suis pas complètement sans classe.

En coupant l'eau et en m'enveloppant dans une serviette moelleuse (aucune raison de lésiner sur le confort de la salle de bain), je commence à tailler soigneusement ma barbe. Au moment où j'approche le rasoir électrique de ma joue, mon téléphone sonne et mon cœur fait un bond.

ma barbe. Au moment où j'approche le rasoir électrique de ma joue, mon téléphone sonne et mon cœur fait un bond.

S'il vous plaît, ne laissez pas ◇◇◇◇◇◇◇ annuler, s'il vous plaît, ne laissez pas ◇◇◇◇◇◇◇ annuler, s'il vous plaît, ne laissez pas ◇◇◇◇◇◇◇ annuler...

Ce serait ma chance si elle abandonnait Steve pour Harry.

Mes épaules s'affaissent de soulagement quand je vois que c'est Adam qui m'envoie un message, et non mon rendez-vous.

Adam : Hé mec. Je voulais vous mettre à jour. Manuel Gomez est absent pour le reste de la saison. La coiffe des rotateurs est cassée, mais il devrait être clair pour poursuivre les négociations contractuelles.

Moi : J'ai esquivé cette balle.

Adam : De plus, Meg veut savoir si votre rendez-vous est trouvé.

Moi : Mec. Est-ce que tu es obligé de partager cette merde avec elle ? Je suis son patron. Je préférerais qu'elle ne répande pas de ragots au bureau.

Adam : Je dis tout à ma femme. Et tu es à peine son patron. Je suis plus son patron que toi.

Je secoue la tête. J'ai vraiment besoin de discuter avec les RH de cette politique de fraternisation. Après avoir obtenu mes droits acquis, bien sûr. Ha ha.

Moi : Et tu es à peine son homme. Deux semaines, ça ne compte pas. Maintenant laissez-moi tranquille. Je me prépare pour mon rendez-vous.

Adam : Alors c'est un oui ? Le rendez-vous est fixé... ?

Moi : Oui, connard. C'est parti. Rendez-vous romantique sur le toit et toute cette merde.

Adam : Le toit ? NOTRE toit ? Vous savez, j'ai trouvé un bâillon là-haut avec le nom de Sheila gravé sur la lanière en cuir.

J'émets un haut-le-cœur que personne d'autre que moi ne peut entendre parce que j'en ai trop appris sur la vie sexuelle de Sheila aujourd'hui. Je ne peux pas désapprendre les choses que j'ai entendues.

Moi : Merci de m'avoir donné le besoin de blanchir mon cerveau.

Adam : Je fais juste ma part. Assurez-vous de désinfecter avant de donner un peu de chatouillement du Nouvel An à votre cornichon.

Moi : D'accord. J'en ai fini avec ça maintenant. À l'année prochaine.

Je jette mon téléphone par terre et n'y jette un nouveau coup d'œil que lorsqu'il me donne une alerte à laquelle Adam a répondu. C'est juste un emoji riant donc je refuse de répondre à nouveau. C'est une bonne chose que nous soyons amis, sinon je lui aurais viré le cul il y a longtemps pour ne pas avoir signalé ce bâillon.

Bon sang, je pourrais encore.

Cela servirait le droit de ce salaud de garder pour lui des informations juteuses comme celles-là, et je me demande si des caméras devraient être installées en haut ; on dirait que je ne suis pas le seul à l'utiliser pour des activités parascolaires.

Je me regarde dans le miroir brumeux, regardant l'eau couler de mes cheveux sur mon visage, et je me tiens plus grand.

Cela ne suffira pas si je panique à cause de la réaction de �◌́������◌́ – je dois être sûr que je la connais suffisamment bien maintenant pour qu'elle ne me laisse pas tomber quand elle me verra.

Quel environnement de travail inconfortable ce serait, surtout maintenant que Sheila est impliquée, qu'Adam bavarde et que Meg le sait probablement.

Envoyez simplement un mémo lundi. Donnez à tout le monde le scoop en même temps, pourquoi pas.

En gémissant, j'essuie les poils égarés de mon visage et les sèche. C'est pourquoi je n'aurais jamais dû laisser cette vieille fouineuse, Sheila, se mêler de mes affaires. Maintenant, elle va revendiquer ma relation et avoir des opinions, etc.

D'un autre côté, c'est elle qui coordonne tout, et sans elle, il n'y aurait pas de rendez-vous pour se préparer.

Un premier rendez-vous pour lequel je vais être en retard si je ne me dépêche pas.

Je m'essuie le visage et me dirige vers mon placard où je prends mon plus beau costume noir et mon bouton blanc le plus pointu. Il est temps de tout mettre en œuvre. C'est la femme de mes rêves, et je refuse de laisser tout cela tomber dans un tas de caca enflammé du Nouvel An.7◇◇◇◇◇◇◇◇Je suis soigneusement douché et lavé.

Je suis soigné dans mes régions inférieures.

En fait, je suis tellement soigné au centre-ville que j'ai dû rompre ma clause auto-imposée de non-rasage pendant tous les mois d'hiver au cas où je déciderais de sonner la nouvelle année avec un peu d'action - si vous attrapez mon dérive.

Et pourtant, je ne suis pas très excité d'être ici...

À quel point est-ce horrible ? Une soirée que j'attendais avec impatience depuis plus d'une semaine – depuis la nuit où Steve a finalement trouvé le courage de demander à me rencontrer.

Soupirant alors que j'attends que les portes de l'ascenseur s'ouvrent, je maudis silencieusement Harry pour avoir sucé mon impatience comme un vide de plaisir, sans même prendre la peine de demander mon numéro de téléphone.

Étais-je trop direct avec lui ? N'ai-je pas été assez avancé ? J'ai fait de mon mieux lorsqu'il se précipitait dans mon bureau pour réparer les choses, pour rester professionnel. J'ai fait de mon mieux pour ne pas laisser entendre mon attirance, me retrouvant sans rien à montrer, à part une attitude peu enthousiaste pour une rencontre qui aurait dû être la nuit la plus excitante de ma vie !

Maudit Skeeter de m'avoir laissé avec l'homme le plus sexy que j'ai jamais rencontré et de m'avoir distrait de l'objectif de ce soir : rencontrer l'homme de mes rêves.

Au moins, j'ai l'air sexy.

Mon reflet dans les portes de l'ascenseur est peut-être légèrement déformé, mais je ne peux pas cacher mes formes dans la robe que j'ai choisie pour ce soir. Elle est peut-être à manches longues et à col haut, mais c'est une robe courte et moulante qui me serre aux bons endroits.

Et je parle de TOUS.

Hmm. En fait...

Je me tourne de côté et l'image est déformée juste assez pour rendre mes seins encore plus gros et ma taille plus petite. Beau cul. De belles jambes.

Putain de fille ! L'obtenir!

J'envisage sérieusement de prendre une photo de mon reflet de bombe pour les réseaux sociaux, lorsque l'ascenseur sonne me faisant sursauter. Cela m'oblige à franchir la porte et à monter dans la voiture qui m'emmènera vers le reste de ma vie.

Ouah. Meg avait raison. Je suis super théâtral.

Concentre-toi, Félicité.

Concentrez-vous sur Steve, �������́. Steve.

Pas Harry, avec qui j'aurais aimé être ici, mais Steve avec qui j'aimerais maintenant qu'il soit raté pour que je puisse rentrer à la maison, enfiler mon pyjama et sortir mon vibromasseur pendant que le beau visage d'Harry est encore frais dans mon esprit.

J'appuie sur le bouton menant au toit et dis un rapide Je vous salue Marie pour que cet ascenseur puisse atteindre le sommet. Ce qui m'amène à la seule chose qui m'a dérangé toute la nuit : pourquoi ici ? De tous les toits de la ville, de tous les bâtiments, pourquoi Steve a-t-il choisi l'endroit où je travaille comme lieu de notre première rencontre et comment diable a-t-il coordonné cela ?

Soudain, je sens mon instinct me dire que quelque chose ne va pas chez lui. Je ne ressens pas d'ambiance de harceleur, mais je n'arrive pas non plus à comprendre ce que pourrait être ce sentiment insignifiant. Je suppose que je suis sur le point de le découvrir, que cela nous plaise ou non.

Ou. Je suis sur le point d'être assassiné.

Cela pourrait aller dans les deux sens.

Je fouille dans mon sac à main. Bon sang, où est ma masse ?

L'ascenseur sonne une fois que je suis arrivé au sommet - un endroit où je ne suis jamais allé - et j'avoue avoir été surpris qu'il n'y ait pas eu d'embardées, de fentes ou de gémissements en montant.

Je parie qu'Harry a déjà envoyé quelqu'un ici pour réparer ça, je ne peux m'empêcher de penser. Il est tellement efficace.

Et gentil.

Et chaud.

Et il sent l'homme, et il peut faire toutes les choses viriles, comme réparer des trucs.

Soupirant alors que j'attends que les portes de l'ascenseur s'ouvrent, je maudis silencieusement Harry pour avoir sucé mon impatience comme un vide de plaisir, sans même prendre la peine de demander mon numéro de téléphone.

Étais-je trop direct avec lui ? N'ai-je pas été assez avancé ? J'ai fait de mon mieux lorsqu'il se précipitait dans mon bureau pour réparer les choses, pour rester professionnel. J'ai fait de mon mieux pour ne pas laisser entendre mon attirance, me retrouvant sans rien à montrer, à part une attitude peu enthousiaste pour une rencontre qui aurait dû être la nuit la plus excitante de ma vie !

Maudit Skeeter de m'avoir laissé avec l'homme le plus sexy que j'ai jamais rencontré et de m'avoir distrait de l'objectif de ce soir : rencontrer l'homme de mes rêves.

Au moins, j'ai l'air sexy.

Mon reflet dans les portes de l'ascenseur est peut-être légèrement déformé, mais je ne peux pas cacher mes formes dans la robe que j'ai choisie pour ce soir. Elle est peut-être à manches longues et à col haut, mais c'est une robe courte et moulante qui me serre aux bons endroits.

Et je parle de TOUS.

Hmm. En fait...

Je me tourne de côté et l'image est déformée juste assez pour rendre mes seins encore plus gros et ma taille plus petite. Beau cul. De belles jambes.

Putain de fille ! L'obtenir!

J'envisage sérieusement de prendre une photo de mon reflet de bombe pour les réseaux sociaux, lorsque l'ascenseur sonne me faisant sursauter. Cela m'oblige à franchir la porte et à monter dans la voiture qui m'emmènera vers le reste de ma vie.

Ouah. Meg avait raison. Je suis super théâtral.

Concentre-toi, Félicité.

Concentrez-vous sur Steve, ◇◇́◇◇◇◇◇́. Steve.

Pas Harry, avec qui j'aurais aimé être ici, mais Steve avec qui j'aimerais maintenant qu'il soit raté pour que je puisse rentrer à la maison, enfiler mon pyjama et sortir mon vibromasseur pendant que le beau visage d'Harry est encore frais dans mon esprit.

J'appuie sur le bouton menant au toit et dis un rapide Je vous salue Marie pour que cet ascenseur puisse atteindre le sommet. Ce qui m'amène à la seule chose qui m'a dérangé toute la nuit : pourquoi ici ? De tous les toits de la ville, de tous les bâtiments, pourquoi Steve a-t-il choisi l'endroit où je travaille comme lieu de notre première rencontre et comment diable a-t-il coordonné cela ?

Soudain, je sens mon instinct me dire que quelque chose ne va pas chez lui. Je ne ressens pas d'ambiance de harceleur, mais je n'arrive pas non plus à comprendre ce que pourrait être ce sentiment insignifiant. Je suppose que je suis sur le point de le découvrir, que cela nous plaise ou non.

Ou. Je suis sur le point d'être assassiné.

Cela pourrait aller dans les deux sens.

Je fouille dans mon sac à main. Bon sang, où est ma masse ?

L'ascenseur sonne une fois que je suis arrivé au sommet - un endroit où je ne suis jamais allé - et j'avoue avoir été surpris qu'il n'y ait pas eu d'embardées, de fentes ou de gémissements en montant.

Je parie qu'Harry a déjà envoyé quelqu'un ici pour réparer ça, je ne peux m'empêcher de penser. Il est tellement efficace.

Et gentil.

Et chaud.

Et il sent l'homme, et il peut faire toutes les choses viriles, comme réparer des trucs.

Merde.

Steve est à cinquante pieds de moi et je rêve de quelqu'un d'autre ! Pas étonnant que je sois sorti avec Droughtlandia pendant si longtemps. Je suis dans un putain de désastre !

Les portes se rétractent, révélant un vestibule bien éclairé et un homme plus âgé en uniforme attendant de me saluer. Il est grand mais voûté, le visage ridé et vieilli.

Je gémis.

Si Meg avait raison et que j'ai été pris au piège, je vais être tellement énervé.

"Es-tu... Steve?" Je questionne, essayant de garder le venin hors de ma voix au cas où je me tromperais.

Le vieil homme sourit, appréciant sans aucun doute ma confusion et trouvant tout cela hilarant. C'est bon signe, non ?

Nous pouvons en rire quand je fais demi-tour et que je pars.

"Non madame. Je m'appelle Fritz, je travaille pour ton rendez-vous. Puis-je prendre votre écharpe et votre pochette pour vous ?

Cet homme travaille pour Steve ? Genre, c'est un majordome ?

Ouah. Steve a tout mis en œuvre s'il essaie de m'impressionner en amenant son équipe ici pendant les vacances.

« Je pense que j'en aurais peut-être besoin. Il fait froid ce soir. Et le toit sera vingt fois pire que celui du sol trente étages plus bas.

« Rassurez-vous, madame, il y a plein de radiateurs sur le pont. C'est agréable et bien au chaud si je le dis moi-même. Il est plus grand avec fierté.

"Oh." Je baisse les yeux et réalise que la robe est vraiment superbe sans l'écharpe. Même si j'en ai besoin plus tard, les premières impressions l'emportent et je remets mes affaires au gentil monsieur. "Eh bien, dans ce cas, merci."

"Es-tu prêt?" demande Fritz, est-ce que je me trompe ou ses yeux pétillent ?

Non, je ne suis pas.

"Oui merci. Montrez la voie.

Fritz me donne son bras et je passe ma main alors qu'il ouvre la porte, mon souffle s'interrompant alors que j'admire la beauté de la vue devant moi.

Les camélias d'hiver couvrent presque chaque centimètre carré de l'espace, leur parfum étant plus fort que ce à quoi je m'attendais. Les fleurs rouges, roses et blanches créent une canopée du monde extérieur. De minuscules lumières blanches scintillantes sont tissées à travers les treillis, donnant l'impression que tout brille.

Scintillement. Briller.

Une table pour deux se trouve au milieu de tout cela, avec une magnifique pièce maîtresse avec d'autres de mes fleurs préférées flottant parmi des bougies chauffe-plat. La nappe est impeccable et les couverts sont scintillants.

Des bougies, des bougies partout.

Superbe.

Et Fritz avait raison ; Je ne vois même pas les radiateurs, probablement cachés derrière toutes les fleurs, et même s'il y a un petit pincement dans l'air, la température est agréable.

Je ne vais pas geler.

Un peu à contrecœur, je dois l'admettre : si c'est ainsi que Steve impressionne une fille, j'aurais pu faire pire. Cette configuration est impressionnante et étonnante.

Dans un coin, un homme sort de l'ombre.

Un homme que je... reconnais.

Un homme auquel j'ai pensé et rêvé ; un homme auquel j'ai pensé en prenant l'ascenseur jusqu'à ce même toit.

Mes yeux sont presque sortis de mon crâne, mes cils battent.

"Harry ?"

Mon cœur s'accélère à mesure que mon cerveau parcourt tous les scénarios. A-t-il aidé à mettre cela en place ? Connaît-il Steve ? Mon rendez-vous l'a-t-il engagé pour servir le dîner parce qu'Harry travaille dans le bâtiment ? Harry est-il un poisson-chat ? Est-ce que Steve ?

Cela ne peut pas arriver. Suis-je coincé sur ce foutu toit avec un homme que je suis ici pour rencontrer et l'homme que je convoite depuis plusieurs heures ?

Les questions tournent en boucle dans mon esprit, l'estomac noué.

J'ai envie de vomir, mais Fritz a pris mon sac, et je refuse d'abîmer ces chaussures.

"Salut Félicité."

Plus je le regarde, plus je réalise qu'il n'est pas habillé comme un membre du personnel de service. En fait, il n'est pas du tout habillé comme un préposé à l'entretien.

Je fais quelques pas en avant. "Que faites-vous ici?"

Il passe la main sur sa cravate et je jure qu'il prend une longue inspiration avant de dire : « Nous avons un rendez-vous.

Mes yeux se tournent vers les siens, essayant de comprendre la situation.

"Non. J'ai un rendez-vous avec Steve. Vous n'êtes pas lui.

Il fait un pas en avant et s'arrête juste devant moi et un coup de vent souffle ; il sent si bon. Mieux que plus tôt dans la journée, et même avec mes talons de trois pouces, je dois le regarder.

Il est si grand et imposant.

Pâmoison.

"Félicité, je suis... Steve."

Naturellement, ma tête tremble un peu. "Non. Tu es Harry.

"Droite."

Alors, est-il d'accord avec moi, après qu'il vient de me dire qu'il s'appelle Steve ?

"Et alors, comme si tu avais deux noms ?"

"Oui. Comme presque tout le monde. Mon nom complet est Harrison... »

Harry...

"Steven..."

Steve...

"McGinnis."

McGin...

"Attends quoi??" Je suis pratiquement en train de crier maintenant. "Tu es..."

Mon cerveau fait des heures supplémentaires pour relier les points : il était à mon étage aujourd'hui parce qu'il travaillait. Il avait les clés de tous les bureaux et placards car c'est son entreprise. Il a fixé notre rendez-vous au sommet du bâtiment parce qu'IL LE PROPRIÈTE.

En le pointant du doigt, j'accuse : « Vous êtes Harrison McGinnis. M. McGinnis. Mon patron."

Il hoche la tête d'un côté à l'autre. « Techniquement, Victoria est votre patronne. Je suis juste son patron.

Oh, il va être mignon à ce sujet maintenant ?

"Cela n'aide pas." J'arpente le petit espace, essayant de ne pas hyperventiler, toute l'excitation et l'anticipation que j'avais pétillant comme le champagne dans les verres à proximité. « Tu... tu es... Pourquoi m'as-tu dit que tu t'appelais Harry ?

Il hausse les épaules comme si ce n'était pas grave. Au contraire, Monsieur. C'est une affaire énorme. "Mon nom est Harry. Juste... Harrison.

"Mais je t'ai demandé de réparer ma lumière et mon chauffage et... oh mon dieu tu as réparé la machine à tampons !"

C'est ça. Je dois trouver un autre travail. Oubliez l'ancienneté. Oubliez ma journée de travail supplémentaire. Je suis officiellement humilié et je dois immédiatement faire mes valises et déménager à l'autre bout du pays.

« J'ai réparé la machine à tampons parce qu'elle avait besoin d'être réparée. Et je... tu vas bien �������� ?

Je m'évente, je respire fort. Pourquoi n'arrive-t-il pas à reprendre son souffle ?

"Est-ce qu'il fait chaud ici?"

"Non, c'est en fait plutôt froid." Ses yeux brillent d'inquiétude et il est immédiatement à mes côtés. "Viens t'asseoir." Me guidant vers la chaise de salle à manger la plus confortable du monde grâce au coussin extra moelleux du siège, il me tend un verre d'eau. "Bois ça."

Je fais ce qu'il me demande, le liquide frais confirmant à quel point le reste de mon corps est chaud alors qu'il glisse dans ma gorge. Fermant les yeux, je prends quelques respirations profondes et apaisantes, me concentrant sur l'odeur agréable d'Harry. Et oh mec, est-ce qu'il le fait. Je pourrais le manger. Après avoir mangé ce dîner bien sûr parce que j'ai vu des empanadas ?

Sentant enfin que je me suis à nouveau sous contrôle, j'ouvre lentement les yeux pour voir Harry me regarder, l'inquiétude inscrite sur son visage.

"Mieux?" demande-t-il doucement en prenant le verre de ma main et en le posant sur la table.

"Beaucoup, merci." Je regarde à nouveau autour du toit et remarque tous les petits détails de ce soir : des milliers de mes fleurs préférées, une carafe de lait au chocolat sur la table, une vue directe sur le tout nouveau bal du Nouvel An depuis mon siège. Harry, Harrison... M. McGinnis, avez fait tellement d'efforts rien que pour moi. "Je ne comprends pas ce qui se passe."

Il hoche la tête une fois et se lève, se dirigeant vers la chaise opposée. «C'est en quelque sorte une longue histoire. Allons-nous manger pendant que je le dis ? Il me montre son siège et j'acquiesce de la tête.

Alors qu'il rentre ses jambes sous la table, un homme que je suppose être un serveur sort et commence à verser du champagne dans des flûtes transparentes et étincelantes. Il remplit ensuite nos assiettes d'une variété d'entrées et de petits amuse-gueules - suffisamment pour nous donner un bon avant-goût de tout tout en me rassasiant dans le processus.

Une fois que nous sommes à nouveau seuls, je prends une mini quiche et souffle dessus avant de m'adresser directement à Harry. "Qui es-tu vraiment ?"

Il met ce que j'ai appris depuis, c'est une empanada à la viande et au fromage dans sa bouche et la mâche, s'essuyant les lèvres avec une serviette avant de répondre. « Comme je l'ai dit, je suis Harrison Steven McGinnis. La plupart des gens m'appellent Harrison. Vous avez déjà compris que je suis le responsable de cette entreprise, mais comme vous l'avez découvert aujourd'hui, j'aime aussi me salir les mains parfois.

«Ouais, explique ça. Je ne connais pas beaucoup de PDG qui réparent des tiroirs qui grincent le dernier jour de l'année. À bien y penser, votre connaissance des acquisitions a désormais plus de sens.

"Et pour mémoire, je suis également impressionné par votre connaissance d'eux." Il rit profondément dans sa poitrine et maintenant que je sais que Harry est Steve et que Steve est Harry, je n'ai aucune culpabilité d'apprécier ce son. Il boit une gorgée de champagne et continue. «J'aime bricoler. Si quelque chose est cassé, je sais généralement comment le réparer. Et avec Skeeter en vacances. et que j'ai du temps libre, ça ne fait pas de mal d'y participer.

«Skeeter est parti. Cela a tellement plus de sens maintenant.

« Que rien n'était fait ? » J'acquiesce. "Vous auriez pu simplement demander au chef de bureau de l'appeler à ce sujet."

Je plisse les yeux, devenant vraiment irrité par les gens qui essaient de m'imposer cet intermédiaire.

"Ou pas", ajoute-t-il avec un sourire enjoué.

En essayant et en échouant de tenter la façon délicate de couper la viande d'une aile de poulet, j'abandonne et l'arrache de l'os avec mes doigts.

"Mais quand tu as compris qui j'étais, parce qu'il est évident que tu l'avais fait," je montre le lait devant nous comme preuve, "pourquoi ne me l'as-tu pas dit?"

Il passe sa main dans ses cheveux épais dont je viens de réaliser qu'ils ont été nettoyés autour de son décolleté. Ouah. Il a vraiment fait tout ce qui était en son pouvoir pour moi.

« Au début, cela m'a pris au dépourvu. Voici cet employé super mignon qui donnait des instructions sur l'entretien régulier et exigeait que je ne parte pas tant que ce n'était pas fait. C'était marrant."

Je gémis. « Maintenant que je sais qui tu es, ce n'est plus drôle. J'aurais pu être licencié.

"Oui, parce que c'est une très bonne idée de licencier la seule personne de la comptabilité qui prend la peine de venir le dernier jour de l'année."

« Touché. Et pourtant, tu ne m'as pas appelé.

Il secoue la tête et sirote à nouveau le champagne. "Steve, c'est mon alter ego en ligne au cas où tu ne l'aurais pas encore compris..."

"Nous y reviendrons plus tard."

"Noté. Steve n'est pas très doué pour planifier des rendez-vous romantiques. Il avait quelques idées et était sur le point d'en trouver une, mais lorsqu'il vous a rencontré, il a décidé qu'il valait mieux obtenir des informations privilégiées sur la femme chanceuse avec qui il aurait eu un rendez-vous ce soir.

Je ris. "Et laissez-moi deviner, puis Sheila est arrivée et vous a aidé à planifier la romance parfaite sur le toit."

Harry, euh... La mâchoire d'Harrison s'ouvre et il me regarde sous le choc. « Comment saviez-vous qu'elle avait aidé ? »

« Je suis presque sûr que le serveur est le neveu de sa sœur, Andrew. Elle l'a engagé pour transporter des hors-d'œuvre lors de la fête de Noël il y a quelques semaines.

« Bon sang Sheila. Elle a juré qu'elle resterait discrète dans son implication.

«Avez-vous rencontré Sheila? Elle va certainement s'attribuer le mérite d'avoir contribué à cela. Oh et sois prévenu, à la seconde où elle comprendra que je suis celui pour qui tu as fait tout ça, elle va t'appeler Steve du Nouvel An à partir de maintenant.

« Le Nouvel An... quoi ? »

"Blague privée. Je vous en parle, alors continuez avec.

"Je ne comprendrai jamais cette femme."

« Il vaut probablement mieux que tu ne le fasses pas. Ce que je ne comprends pas, c'est pourquoi Steve ? Pourquoi tout ce secret et ton deuxième prénom sur LoveSwept ? »

«C'est la partie pour laquelle je me sens le plus mal. Je n'aimais pas me cacher de toi. Surtout plus nous apprenions à nous connaître.

"Alors pourquoi l'as-tu fait?"

Il prend une inspiration et l'expire. "J'ai eu de mauvaises expériences avec des femmes."

"Décrivez les mauvaises expériences."

« Ils auraient pu être bien pires, je l'admets. Mais ce n'est jamais amusant quand vous réalisez qu'une femme sort avec vous pour votre argent. Ou pour votre entreprise. Ou pour le statut que votre argent et vos affaires lui apporteront. Ce n'est pas comme si le nom d'Harrison McGinnis était si courant. Une recherche Google et... »

"... et les requins tournent en rond dans le parking souterrain."

"Exactement. Je ne parle pas de ça. Oui, j'ai plus d'argent que la plupart des gens de cette ville. Oui, à mesure que nos agents signent de plus en plus de clientèle de qualité, l'entreprise s'agrandit. Et oui, c'est moi qui suis responsable de tout ça. Mais en fin de compte, je suis aussi le gars qui va attraper l'échelle de dix pieds et changer les ampoules de son plafond et qui va faire un bricolage s'il en a envie et qui déteste les films d'horreur parce que ses cauchemars sont vifs.

"C'était étrangement précis."

« Si vous voulez voir le vrai moi, autant vous dire la vérité, c'est-à-dire que je suis une wienie. Je fais aussi du jogging au cas où j'aurais besoin d'endurance un jour pendant l'apocalypse zombie, car je n'ai pas besoin d'être le coureur le plus rapide. Je dois juste être plus rapide que la dernière personne. Si c'est votre cas, j'ai apprécié notre temps ensemble.

Il le dit si nonchalamment que je ne peux m'empêcher de rire, surtout quand le sourire mangeur de merde apparaît sur son visage.

"Tu es en désordre, tu le sais?"

"Je fais. Et c'est le gars que vous avez appris à connaître. Harry, ou Steve, qui met simplement du déodorant pour entrer au bureau après une course. Pas Harrison McGinnis, le PDG et actionnaire majoritaire de l'agence McGinnis.

« Est-ce pour cela que vous aviez l'air de travailler dans la maintenance aujourd'hui ? Tu ne t'es pas douché avant d'entrer ? Je ne sais pas pourquoi cette pensée me rend heureux, mais c'est le cas. Peut-être parce que cela rappelle à quel point il est terre-à-terre.

"J'espère que je ne sentais pas trop mauvais."

Il y a une supplication dans ses yeux bleus perçants. Un désir que je l'accepte tel qu'il est, pas ce qu'il vient avec. Je dois admettre que son insécurité en ce moment est sacrément sexy.

Je secoue la tête et bats un peu les cils. « Pas trop mal du tout. En fait, j'ai peut-être senti une ou deux bouffées qui m'ont donné envie de te sauter dessus.

Il éclate de rire et mon cœur s'emballe. Toute la journée, j'ai pensé à Harry et je me suis senti coupable à propos de Steve alors qu'ils étaient la même personne depuis le début. Et je comprends pourquoi il a fait ça. Il veut quelqu'un qui s'intéresse vraiment à lui. Considérant que j'étais prêt à lui faire tinter les couilles quand il travaillait à l'heure, je pense que je suis une valeur sûre.

Il pose ses avant-bras sur la table et se penche. « Suis-je pardonné pour les mensonges par omission ?

« Il n'y a rien à pardonner. Je comprends totalement. Et je suis heureux que vous vous soyez assuré qu'il s'agissait d'une véritable connexion avant de dépenser votre argent. S'il n'y avait pas de circonstances atténuantes, tout cela, (j'agite la main en direction de la mise en scène extravagante), pourrait être plutôt intimidant.

"Mais pas pour toi, n'est-ce pas ?"

"Sachant que Sheila est impliquée, je dirais que c'est en fait plutôt atténué."

Le bruit dans la rue en contrebas augmente de volume et je ne peux qu'imaginer que c'est presque cette heure-là.

Harrison se lève et me tend la main. "Allez. Préparons-nous à célébrer la nouvelle année.

Je prends sa main et passe mes doigts dans la sienne, suivant où il me mène. Plus près du rebord et loin des radiateurs, je commence à frissonner. Harrison se place immédiatement derrière moi et enroule ses bras autour de mes épaules, m'enveloppant de sa chaleur. Son corps se sent exactement comme je m'y attendais : dur aux bons endroits avec une douceur au toucher.

"Est-ce correct ?" me chuchote-t-il à l'oreille et je frissonne à nouveau, même si cette fois ce n'est pas à cause du froid. Oh non. Celui-ci est entièrement composé de pièces de dame.

"C'est parfait."

Nous regardons la boule géante s'illuminer à plusieurs pâtés de maisons, les lumières en dessous dansant comme si elles se préparaient pour le compte à rebours avec nous. En quelques secondes, il commence à baisser, changeant de couleur toutes les secondes au fur et à mesure du compte à rebours.

Dix... neuf... huit...

Je tourne la tête et lève les yeux vers Harrison qui ne prête aucune attention à la scène devant nous, me fixant plutôt avec un regard rempli de désir.

Sept... six... cinq...

Lorsqu'il réalise que je le regarde, il me tourne dans ses bras pour que nous nous retrouvions face à face.

Quatre... trois... deux...

Alors que l'horloge compte à rebours et que la balle tombe, Harrison prend mon visage dans ses mains et se penche si près que je peux presque le goûter.

Un...

Ses lèvres tombent sur les miennes alors que la foule dans la rue éclate de joie et de vœux. Je n'entends rien, tellement concentré sur ce baiser. Ce baiser. Un baiser plein de promesses, d'espoir et d'avenir mutuel, avec juste assez de passion pour le rendre excitant et juste assez de réserve pour que j'en veuille plus. C'est le meilleur type de baiser pour célébrer la nouvelle année avec mon Steve du Nouvel An.

Euh... Harrison du Nouvel An.

Ça sonne bien, tu ne trouves pas ?

Don't miss out!

Visit the website below and you can sign up to receive emails whenever Père Lolo publishes a new book. There's no charge and no obligation.

https://books2read.com/r/B-A-WAWIB-UESGD

BOOKS 2 READ

Connecting independent readers to independent writers.

Did you love *Steve du Nouvel An*? Then you should read *Une épouse pour un milliardaire*[1] by Père Lolo!

Matteo Benenati a passé sa vie entourée de richesse et de privilèges. Il est superficiel, égoïste, blasé – et il aime ça.

Lorsque l'audacieuse étudiante américaine en art Riley Tremaine fait irruption dans sa vie, sa lumière l'oblige à examiner les endroits sombres de son âme, ceux qu'il pensait avoir enterrés avec son père. Il sait qu'il devrait la laisser partir... mais il n'a jamais prétendu être un homme bon.

Lorsque Matteo est opposé à sa demi-soeur sans scrupules Emilia Guerra dans une tentative de conquérir l'empire de son défunt père, il doit choisir entre l'honneur et le vice. Ayant besoin d'une femme – et désespéré de la posséder – Matteo fait à Riley une offre qu'elle ne peut

---

1. https://books2read.com/u/bOpqVE

2. https://books2read.com/u/bOpqVE

refuser. Elle sera son épouse – dans tous les sens du terme – afin qu'il puisse protéger son héritage.

Mais Matteo apprend vite que l'âme d'Emilia est encore plus sombre que la sienne. Et en épousant Riley, il a fait d'elle un pion dans une lutte de pouvoir qui pourrait briser leur monde.

Also by Père Lolo

Échos de passion
Une épouse pour un milliardaire
Steve du Nouvel An